LES

CINQ PASSIONS

TRAGI=COMÉDIE.

A PARIS,

Chez Touſſaint Quinet.

M. D.C. XLV.

578

(5)

A MONSIEVR
D'HEMERY,
CONSEILLER DV ROY
EN SES CONSEILS, ET IN-
tendant de ses Finances.

MONSIEVR,

Il me sieroit mal de vouloir faire l'O-
rateur, & d'emprunter les beautez de
l'Eloquence pour dépeindre en cette Epistre celles de
vostre Esprit. Ie sçay que vous estes de ceux que l'artifice offence, & que comme il est desaduantageux de
farder ceux qui naturellement ont tous les aduantages
que l'on leur pourroit souhaitter, que de mesme c'est di-
minuer de vostre gloire, que de vouloir l'augmenter
auec des flatteries. Pour vous faire aimer il ne faut
que vous faire veoir comme vous estes, & pour auoir
vne approbation vniuerselle il ne faut seulement qu'e-
stre àduoüé de vous. Aussi, MONSIEVR, con-
fessay-je ingenuëment que ie viens à vous à dessein d'y
trouuer ce que ie donnerois aux autres, & d'acquerir

EPISTRE.

vn renom immortel à ma plume en vous confacrant
vn de mes ouurages, comme les autres le receuroient
de moy fi ie les employois en leur faueur. Receuez-le
donc, MONSIEVR, auec autant de bonté que
i'ay de zelé à vous l'offrir, & confiderez que c'eſt le
reſpect que ie vous porte, qui m'empefche de m'eſtendre
dauantage ſur vos loüages, & qui m'oblige de me reſſerer
en vn champ fi grand & fi vaſte, puiſque ie croirois
vous faire tort fi ie defrobois à l'Hiſtoire de France,
(que i'eſpere de faire vn iour) vn de ſes plus riches or-
nemens pour en parer vn ouurage de ceſte Nature. Je
veux donc aujourd'huy faire vanité de mon ſilence pour
monſtrer dedans peu la raiſon qui m'y contraignoit, &
demeureray ſatisfait de teſmoigner à nos Nepveux
qu'apres vous auoir veu brillant d'vne gloire dont les
plus grands Eſprits n'ont eu que l'ombre, cette belle
contemplation a jetté tout d'vn coup mon Eſprit dans
vne telle admiration qu'elle m'a rauy comme hors de
moy-meſme, ne permettant pas à ma plume de paſſer
outre, & ne m'accordant pour toute grace que la liberté
de me dire,

MONSIEVR,

Voſtre tres-humble & tres-
obeiſſant ſeruiteur
GILLET.

ADVERTISSEMENT
AV LECTEVR.

IE ne veux point me forger des monftres pour les combattre; ce n'eft pas que ie veuille conclure de là que cét ouurage foit fans aucunes fautes, mais feulement faire entendre que i'ignore l'endroit où elles font. I'ay affez d'humilité pour aduoüer qu'il peut y auoir plufieurs defauts, mais ie n'ay pas affez de cognoiffance pour les apperceuoir : Si i'euffe pû faire ce difcernement, les abfurditez en feroient maintenant moins grandes, ou le nombre plus petit. Ie fuis donc bien efloigné de pouuoir deffendre ce Poëme des erreurs dont on voudra l'accufer, puifque ie ne les cognois pas, & que ie ne puis voir dequoy il eft coupable. Tout ce que ie puis faire en fa faueur eft de parler de l'intention de fon fubjet, & de confiderer à part le deffein de chacun Acte. Ie n'entreprends point de difcourir, ny des penfees de tout l'œuure, ny de leur expreffion, ny de la façon des vers; Ie me mettrois au hazard de reffembler à celuy dont fe mocque le Rhetoricien, qui fit vn volume de cenfures plus ample que n'eftoit celuy qu'il condamnoit. Ie dis de tout le corps de la piece deuant que de venir à la diffection des parties, que mon idee en la conception de cét ouurage eftoit de reprefenter combien abfoluë eft la tyrannie que les paffions exercent fur l'efprit de l'homme quand vne fois il s'eft laiffé foufmettre à leur empire. Tantoft ie les dépeins comme les Stoïciens qui les qualifioient du nom de maladies d'efprit, & le plus fouuent auffi comme les Peripateticiens & les Sectateurs de l'Academie de

ADVERTISSEMENT.

Platon qui les tenoient indifferentes, & ne les approuuent ou improuuent que l'ors que l'application en est bonne ou mauuaise. Ie n'ay pas pris peine à suiure plustost le sentiment des vns que des autres, si ce n'est au roolle de l'Enchanteur où l'on peut dire qu'il ioüe le personnage d'vn Stoïque. Ie sçay que la liberté est la mere nourrice de la Poësie, & que cette fille l'aime tendrement; c'est pourquoy ie la luy ay voulu laisser toute entiere. Si la carriere eust esté de plus grande estendue, i'eusse fait prendre l'essort à toutes ces harpies ; mais elles eussent paru trop confusément en vn si petit espace, & l'on n'auroit peu les distinguer. I'ay pris mes mesures selon celles du Poëme Dramatique, & dans toute cette multitude ie n'en ay choisi que cinq dont i'ay fait les cinq Actes. I'ay permis à l'espece & au genre d'entrer indifferemment en ce nombre, sans vouloir y receuoir plustost les vniuerselles que les particulieres. Le premier Acte est intitulé l'honneur, & pource que ce mot est homonyme, i'aduertis le Lecteur de ne le prendre pas à la lettre, mais bien pour vn desir effrené d'acquerir des loüanges. Autrement il y auroit vne double absurdité, car outre que le mot d'honneur simplement entendu n'est point vne passion, c'est que l'Histoire de Manlie ne luy appatient point encore. I'employe deux vers du sixiesme de l'Eneide de Virgille contre ceux qui voudront soustenir que l'honneur, comme ie l'entends, n'est point vne passion, ou que l'Histoire de Manlie n'en est point vn effect. Par eux ce grand Poëte condamne la dureté de Iunius Brutus en vne action pareille à celle dont il s'agist, & semble déplorer l'aueuglement de ce pere dénaturé, lequel emporté du desir d'acquerir des loüanges, fit impitoyablement mourir ses deux enfans, & les immola à cette passion déreiglee, ces vers sont tels.

In felix vtrumque ferent ea fata minoris,
Vincet amor patriæ, laudumque immensa cupido.

ADVERTISSEMENT.

Le second Acte est vn tableau de l'ambition. Nul n'ignore que ces deux passions, l'honneur & l'ambition ne soient les branches d'vne mesme tige qui est le desir, leur difference consiste en celle de leur objets; l'vne regarde pour son but l'estime & les loüanges, l'autre tend aux grandes & sublimes dignitez; c'est là qu'elle se repose, si l'on peut dire que l'ambition soit capable d'auoir iamais aucun repos. Ie crois qu'il me seroit superflu de parler du sujet, l'exemple est assez bien appliqué, ce me semble, & ie ne pense pas qu'il se trouue personne qui ne l'approuue.

Quelques vns, amateurs de la verité de l'Histoire, auront de la peine à souffrir que dans le troisiesme Acte, où i'ay representé la passion d'amour, i'aye fait commettre au ieune Anthioque vne seconde faute contre son deuoir, pour s'estre ouuert à sa belle mere, & luy auoir declaré son amour; mais ie les prie de penser que si ie l'eusse fait paroistre sur le Theatre auec la mesme reuerence & la mesme discretion qu'il a dans l'Histoire, qu'on luy auroit plustost donné des loüanges que du blasme: Ainsi ie me serois fouruoyé de la route que ie veux tenir, & i'aurois fait en l'esprit des Auditeurs vne impression toute contraire à celle que ie me suis proposé pour but & pour fin.

Le quatriesme est l'Histoire d'Emilie; ie ne croy pas qu'on me nie que ce ne soit l'exemple d'vne veritable ialousie; Plutarque est ma caution en ses Collatiós des Histoires Grecques & Romaines, comme aussi de l'Histoire de Bisathie, & c'est apres ce Philosophe que ie la traitte comme vn effect de cette passion si cognuë dans le monde.

Le dernier est de la hayne. I'aduoüe qu'on le peut aussi donner à la colere, bien que ces deux passions soient assez differentes entr'elles, & ie me serois à la fin persüadé que l'exemple de Bisathie le deuoit estre seulement de la colere, si ie n'y auois apperceu cete difference qui appartient à la haine, c'est que la colere ne perfifte pas, & bien fouuent s'appaife à la moindre fatisfaction; & que la hayne au contraire ne defifte point qu'elle n'ait veu perir entierement fon objet, comme a fait cette femme qui ne puft iamais s'appaifer qu'elle n'euft fait mettre à mort celuy qu'elle hayffoit.

Ie ne parlerè point de l'invention du fubjet, bien qu'il ne fut pas hors de propos ny hors de befoin, car ie ne doute point qu'elle n'ait efté findiquee de la plufpart de nos cenfeurs, qui fe monftrent plus Religieux en l'obferuance des loix Chimeriques du Theatre, qu'en l'accompliffement des Statuts qui concernent leur falut. Quant cet ouurage n'auroit de beau que fa nouueauté, c'eft affez pour exciter l'enuie à vomir fon venin à l'encontre. Mais que ces Meffieurs en dient ce qu'il leur plaira, toufiours eft-il vray que la piece toute deffectueufe qu'elle eft, peut donner de l'inftruction. Le plaifir que fa diuerfité apporte eft accompagné d'vtilité, le merueilleux & l'hyftorique s'y rencontre, & l'on peut dire en fon honneur ce vers d'vn de nos maiftres, defia tant de fois allegué par d'autres.

Omne tulit punctum qui mifcuit vtile dulci.

Adieu, pardonne-moy les fautés d'Impreffion, que mes affaires ne m'ont pas donné le loifir de corriger.

PRIVILEGE

PRIVILEGE DV ROT.

LOVIS PAR LA GRACE DE DIEV, ROY DE
FRANCE ET DE NAVARRE: A nos amez &
feaux Confeillers les gens tenans nos Cours de Parle-
ment, Maiſtres des Requeſtes ordinaires de noſtre Hoſtel, Baillifs, Seneſchaux, Preuoſts, leurs Lieutenans &
à tous autres de nos Iuſticiers & Officiers qu'il appartien-
dra, Salut. Noſtre cher & bien-aimé TOYSSAINCT QVINET,
Marchand Libraire de noſtre bonne ville de Paris. Nous a fait remonſtrer qu'il deſireroit faire Imprimer vne piece de Theatre intitulees,
Le Triomphe des cinq Paſsions : Ce qu'il ne peut faire ſans auoir ſur ce nos
Lettres, humblement nous requerant icelles. A CES CAVSES,
deſirant traitter fauorablement ledit expoſant, Nous luy auons permis
& permettons par ces preſentes, de faire Imprimer, vendre & debiter
en tous les lieux de noſtre obeyſſance ledit Liure, en telles marges, en
tels caracteres, & autant de fois que bon luy ſemblera, durant l'eſpace de
cinq ans entiers & accomplis, à compter du iour qu'il ſera acheué d'Imprimer pour la premiere fois. Et faiſons tres-expreſſes defences à toutes perſonnes de quelque qualité & condition qu'elles ſoient, de l'imprimer ou faire imprimer, vendre ny debiter durant ledit temps, en aucun
lieu de noſtre obeyſſance ſans le conſentement de l'expoſant, ſoubs pre-
texte d'augmentation, correction, changement de titre, fauſſes marques,
ou autres en quelque ſorte ou maniere que ce ſoit : A peine de trois mil
liures d'amende payables ſans déport, & nonobſtant oppoſitions ou ap-
pelations quelconques par chacun des contreuenans, appliquable vn tiers
à nous, vn tiers à l'Hoſtel Dieu de noſtre bonne ville de Paris, & l'autre
tiers audit expoſant, confiſcation des exemplaires contrefaits, & de tous
deſpens, dommages & intereſts : A condition qu'il ſera mis deux exemplaires en blanc deſeits liures en noſtre Bibloteque publique, & vn en celle de noſtre tres cher & feal le ſieur Seguier Cheualier, Chancelier de
France, auant que de les expoſer en vente, à peine de nullité des preſentes : Du contenu deſquelles, Nous vous mandons que vous faſſiez ioüyr

ē

& vser plainement & paisiblement ledit exposant, & tous ceux qui auront droict de luy, sans qu'il leur soit donné aucun trouble ny empesche-
ment. Voulons aussi qu'en mettant au commencement ou à la fin dudit
Liure, vn extraict des presentes, elle soit tenuës pour deuëment signi-
fiees, & que foy y soit adioustee, & aux coppies collationnees par l'vn
de nos amez & feaux Conseillers & Secretaires comme aux Originaux.
Mandons au premier nostre Huissier ou Sergent sur ce requis, de faire
pour l'expedition des presentes tous exploicts necessaires, sans demander autre permission. CAR TEL est nostre plaisir, nonobstant clameur
de Haro, Chartres Normande, & autres Lettres à ce contraires. Donné
à Paris le vingt-septiesme iour de Février, l'an de grace mil six cens qua-
rante deux, & de nostre règne le trente-deuxiesme. Par le Roy en son
Conseil   LE BRVN.

Les exemplaires ont esté fournis.

Acheué d'imprimer pour la premiere fois le
dernier Iuin 1642.

PERSONNAGES

des cinq Paſſions.

PREMIER ACTE

L'Enchanteur.
Arthemidore Gentil-homme Grec.
Manlie Capitaine Romain.
Le fils de Manlie.
Arphace Gentil-homme Romain.
Harmenie femme du fils de Manlie.

SECOND ACTE.

Pharaſmane Roy d'Hiberie.
Philoctate Gentil-homme Hiberien.
Mitridate frere de Pharaſmane, & Roy d'Har-
menie.
Parthenie femme de Mitridate.
Philon Gouuerneur d'vne ville d'Harmenie.
Orcas Gentil-homme Hiberien.

ē ij

TROISIESME ACTE.

Anthioque fils de Seleuque.
Pericles Capitaine des Gardes d'Anthioque.
Stratonice belle mere d'Anthioque.
Erefiftrate Medecin d'Antioque.

QVATRIESME ACTE.

Emilie Gentil-homme de la ville de Sibarys.
Martiane femme d'Emilie.
Alphee Damoifelle de Martiane.
Phalante Page d'Emilie.
Megifte Chaffeur.

CINQVIESME ACTE.

Le Roy des Maffilliens.
Bifathie fille du Roy des Maffilliens.
Felifmene Damoifelle de Bifathie.
Calpurnie Amant de Bifathie.
Philidan Gentil-homme Maffilien,
Le Page.

La Scene eft dans Athenes,

ARGVMENT
DV PREMIER ACTE.

A Rthemidore Gentil-homme Grec ayāt l'esprit embarassé de vaine gloire, d'ambition, d'amour, de jalousie, & de fureur, va trouuer vn sçauant Enchanteur qui demeuroit en la ville d'Athennes, & le priant de le guerir des douleurs qui le tourmentoient, luy descouure sa blessure, & luy declare ingenuëment sa foiblesse, lors l'Enchāteur tasche de le soulager par des raisons fortes & conuaincantes: mais voyant qu'il falloit vn charme plus puissant pour le faire rendre, il se resout de faire vn effort merueilleux, & de rappeller des Enfers des heros les plus signalez de l'antiquité, pour luy monstrer comme les pas-

fions qu'il le tyranifoient alors eftoient dange-
reufes, puis qu'elles auoient autrefois caufé la
perte de ces grands hommes qu'il luy vouloit
faire voir, l'ayất donc fait entrer en vn lieu propre pour ce myftere, il luy impofe le filence &
l'aduertit d'efcouter attentiuement tous les difcours que ces Fanthofmes parlans tiendroient
afin de tirer du profit de leurs mal-heurs, lors
ayant proferé quelques paroles, on voit tout
d'vn coup fortir le vieil Manlie Capitaine Romain, qui pour conferuer fa gloire, & fignaler
fon nom à la pofterité, fit trancher la tefte à fon
propre fils pour auoir combatu fans fon ordre,
quoy qu'il fut victorieux, & qu'il euft deliuré la
ville dont il l'auoit laiffé Gouuerneur d'vn fiege
infupportable, & d'vne feruitude infaillible, on
le voit qui pouffé de cette vaine gloire a peur de
perdre le fruict de fes victoires en fauuant la vie
à fon fils, & de ternir par la pitié la grande reputation qu'il auoit acquife par fon courage pour
meriter quelque loüange il veut môtrer qu'il fe
détache de fes interefts, & que malgré le fang &
la Nature il réd à la vertu Romaine ce que ceux
qui fe vouloient immortalifer luy deuoient, &

fait vanité de tefmoigner au peuple que pour
acquerir de l'hôneur il periroit luy-mefme & fe
priueroit de vie. Puis lors que l'on luy vient dire
l'effeɕt de la fentence qu'il a donnee, c'eſt à dire
la mort de fon fils, la findeefe du vice le prenant tout à coup, il en conçoit vn fi grand dé-
plaifir qu'il reſte fans mouuement, & nous apprend par ce remord le repétir que traine apres
foy ce trop grand defir de vaine gloire, & ce
faux poinɕt d'honneur qui tourmétoit fon ame
fans ceffe, & ne luy donnoit point de repos.

LE TRIOMPHE
DES CINQ
PASSIONS

ACTE I
SCENE PREMIERE.

L'Enchanteur, Arthemidore.

L'ENCHANTEVR.

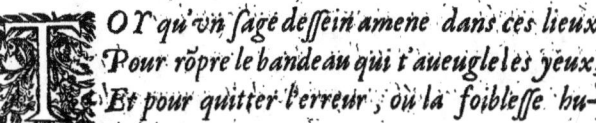

OY qu'vn sage dessein amene dans ces lieux,
Pour rōpre le bandeau qui t'aueugle les yeux,
Et pour quitter l'erreur, où la foiblesse hu-
maine,
Conduit ceux qu'elle esleue auec ceux qu'elle enchaisne

A

Viens acheuer d'apprendre à triompher du fort,
Viens t'armer pour combattre & la vie & la mort,
Et cognoistre dans peu, par mon pouuoir supresme,
Et le monde & la terre, & le ciel & toy-mesme.
En vain ton bel esprit, ce chef-d'œuure acheué
Sus des aisles de feu se seroit esleué,
Pour sçauoir les secrets qui sont en la nature,
Et penetrer le fonds d'vne science obscure.
Si tu ne cognoissois que tu portes en toy
De cruels ennemis qui te donnent la loy :
Ou plustost vn tyran qui te faisant la guerre,
Te fait viure aux enfers quand tu vis sur la terre,
Qui t'offre vn faux plaisir pour vn souuerain bien
Qui te promet beaucoup & ne te tiendra rien,
Et qui par son adresse, & sa malice insigne
Te veut priuer du rang dont les Dieux t'ont fait digne,
Et voudroit obscurcir auec de faux crayons
Vn esprit tout brillant de celestes rayons.
Ouy, par tes passions & l'amour de toy-méme,
Tu t'exposes souuent en vn peril extréme,
Et ne cognoissant pas l'art de leur commander,
Tu reçois d'eux le frein qui les doit gourmander;
Mais viens tracer icy le champ de ta victoire,
Trauailler à leur honte, ou plustost à ta gloire,

Et treuuer le moyen de ioüir d'vne paix
Que tous tes ennemis ne troubleront iamais.

ARTHEMIDORE.

Helas! sage vieillard quoy que vous puissiez faire,
Ie ne crois pas dompter vn si fier aduersaire,
Et ma raison m'apprend que contre vn tel vainqueur
Ie manque de puissance, & de force, & de cœur:
Car puisque les malheurs nous doiuent rendre sages
Ayant esté battu par tant de grands orages,
Enduré tant de maux, & souffert tant d'ennuis
Ie ne devrois pas estre en l'estat où ie suis,
Et bien loing de cherir vne main qui me blesse,
Ie devrois seulement rougir de ma foiblesse;
Mais pour ne vous rien taire & ne vous rien cacher,
I'ay pour mon aduersaire vn ennemy si cher
Que trouuant dans ses traits vn poison agreable,
Ie n'ose m'en deffendre, & n'en suis pas capable,
Ie veux & ne puis pas gourmander mes desirs:
Car s'il m'ont fait des maux ils m'ont fait des plaisirs,
Et si mes passions m'ont causé de la peine,
Elles m'ont sceu flatter

L'ENCHANTEVR.

d'vne esperance vaine.

Ouy, tu verras dans peu par mes diuins refforts
Que tu fuiuois vn ombre au lieu de fuiure vn corps:
Mais ie voy bien qu'il faut t'inftruire par l'exemple ;
C'eft pourquoy fans parler fuis moy dedans ce Temple,
Et loing de t'eftonner de ce que tu verras,
Admire qui ie fuis, & ce que tu feras.
Ie vay te faire veoir des images parlantes,
Et rappeller tes fens par des ombres viuantes.
Bref : ie vais pour ton bien par mes magiques vers
Tirer pour vn moment des Heros des enfers,
Et leur faire compter l'hiftoire de leur vie
Pour te faire changer de maxime & d'enuie,
Et comme les mortels ne fondent leur bon-heur
Qu'au milieu de la gloire & d'vn faux point d'honneur,
Ie vais te faire veoir vn pere miferable ;
Qui fe rend inhumain pour paroiftre equitable :
Mais ne l'interromps point, & reftant tout à toy,
Vois, efcoute, & te tais,

ARTHEMIDORE.

i'obeïray,

L'ENCHANTEVR.

fuy moy.

SCENE II

On tire la toille & l'on voit vn teple & ses persōnages qui suiuent.

MANLIE, ARPHACE, & leur suitte.

MANLIE.

Quoy? donc il est certain; ah funeste nouuelle!
Ah pere miserable! ah fortune cruelle!
Quoy? tes discours sōt vrais; quoy? mō fils est vainqueur,

ARPHACE.

Ouy, Seigneur,

MANLIE.

       ie devois mieux connoistre son cœur;
Et sçachant quelle estoit son ardeur & son aage,
Ie ne me devois pas fier à son courage;

ARPHACE.

Ne vous affligez pas,

MANLIE.

       Arphace laisse-moy;
Tu sçais bien que mon fils vient d'enfraindre la loy,
Et qu'en luy remettant des soldats soubs la garde,

Qu'il n'est iamais permis qu'vn gouuerneur hazarde,
Il a choqué les loix quand il a combatu,
Et monstré son malheur plustost que sa vertu;
Helas! que ie manquay d'esprit & de prudence,
De luy donner vn rang d'vne telle importance;
Alors que le Senat pour me combler d'honneur
Me permit en partant d'eslire vn Gouuerneur;

ARPHACE.

C'est auec grand sujet que ce combat vous fasche,
Mais s'il ne l'auoit fait, on l'auroit tenu lasche.

MANLIE.

Comment,

ARPHACE.

*   quand le Senat vous eust mandé vers luy*
Pour receuoir vn prix,

MANLIE.

*   qui me pert aujourd'huy;*

ARPHACE.

L'ennemy le sçachant raprocha nos murailles,
Où vostre fils fust pris pour le Dieu des batailles;

Car faisant beaucoup plus que vous n'auez permis
Il sortit, & chargea si fort les ennemis
Qu'auec le peu de gens qui partagerent sa gloire
Il rentra triomphant suiuy de la victoire.

MANLIE.

Ah! c'est ce qui me pert & ce qui la perdu,
Car pourquoy sortoit-il s'il estoit deffendu,
Ne sçauoit-il pas bien que iamais Capitaine
N'a viollé les loix sans en souffrir la peine,
Ne sçauoit-il pas bien que sans commandement
On ne doit point sortir de son gouuernement,
Et que vainqueur ou non sa teste doit respondre
Du pouuoir qu'il a pris afin de se confondre;

ARPHACE.

Il ne l'ignoroit pas; mais, Sire, à son malheur,
L'ennemy se plaisoit d'outrager sa valleur,
Parloit de sa prudence en paroles moquantes,
Et luy disoit apres tant d'injures piquantes
Et le desioit tant pour le faire sortir,
Qu'en cette occasion son sang n'a peu mentir,
Il vouloit tesmoigner qu'il estoit né d'vn pere;

MANLIE.

Va, ne le flatte point, il eut tort de le faire,
Il deuoit obeir, & ne commander pas,
Il deuoit confulter tout autre que fon bras,
Et demeurer contant de vous faire connoiftre,
Que fon fang n'eftoit chaud qu'alors qui le faut eftre,
Il deuoit s'expliquer en faifant fon deuoir,
Imiter la vertu que ie pouuois auoir,
Et tefmoigner enfin qu'il fortoit d'vne tige,
Qui n'enfraint point les loix où le Senat l'oblige,
Car fon honneur eftoit de monftrer feulement
Qu'il gardoit du refpect à fon commandement,
Et que fes interefts n'eftoient pas receuables,
Alors que ceux du peuple eftoient confiderables;

ARPHACE.

Mais il la bien feruy,

MANLIE.

　　　　　　　n'importe, il a failly;
Mais Dieux, de quel combat mon cœur eft affailly,
Ie le voy qui s'approche auec toute fa fuite.

SCENE,

SCENE III.

MANLIE, LE FILS, ARPHACE, & leur suitte.

MALTIDE.

A H! Nature,

LE FILS.

ah, mon père!

MANLIE.

hé bien fils sans conduite
Tu viens peut-estre icy pour estre couronné;
Mais tu te doibs resoudre à t'y veoir condamné:
Ouy, la rigueur des loix me demande ta teste,
Et malgré le Laurier que cette main t'apreste,
Cette autre doit signer l'arrest de ton trépas,
L'vne doit t'esleuer, l'autre te mettre abbas,
L'vne te doit donner vn ample recompence:
L'autre tirer raison d'vne mortelle offence,
L'vne soustient le sang, l'autre deffend la loy,
L'vne tient pour vn Pere, & l'autre pour vn Roy;
L'vne parle de peine, & l'autre de victoire:

B

L'vne est pour mon repos , & l'autre pour ma gloire:
L'vne est pour le Senat, l'autre reste pour toy,
L'vne deffend ma vie, & l'autre est contre moy,
Et quelque effort enfin que l'honneur puisse faire,
Quand l'vne veut ta mort, l'autre veut le contraire;

LE FILS.

Seigneur , si mon malheur vous reduit à ce poinct ,
Traitez moy comme Juge , & ne m'espargnez point ,
Oubliez qui ie suis , & non pas qui vous estes ,
Et ne me faisant point l'honneur que vous me faictes
Puisque ie suis coupable , & que vous le sçauez,
Traittez moy seulement comme vous le deuez;
N'escoutez point le sang qui parle en ma deffence ,
Escoutez vostre honneur qui parle de vengeance ,
Et gardez, si i'ay peu manquer à mon deuoir,
D'oublier la vertu que ie deuois auoir,
Estouffez cest instint qui vous rend pitoyable ,
Domptez ces mouuemens qui vous rendroient coupable,
Et monstrez en signant l'arrest de mon trépas
Plus de force d'esprit que ie n'en auois pas ,
Ie ne peux m'empescher d'escouter la furie,
Empeschez vous d'oüir la pitié qui vous prie,
Faictes vous violence en vengeant mon forfait,

Et ne commettez pas le crime que i'ay fait,
Vous feriez criminel fi vous eftiez fenfible,
Outre que c'eft vouloir vne chofe impoßible,
Car quand voftre douceur empéfcheroit ma mort
La rigueur du Senat vous donneroit le tort,
Et tenant la pitié belle, & non legitime,
Elle joindroit encor voftre crime à mon crime,
Et nous mouerrons tous deux moy comme vn criminel,
Vous pour auoir failly de m'auoir iugé tel;
Et quãd nous pourrions fuir fon bras commé vn tonnerre,
Nous porteroit la guerre, & par mer & par terre,
Et feroit tant enfin qu'il nous auroit tous deux,
Pour nous faire feruir d'exemple à nos neueux,
Donc pour voftre repos foyez iufte & feuere,
Ne vous fouuenez plus que vous eftes mon pere,
Et pour mieux oublier ce grand recentiment,
Songez que fi ie meurs ce fera noblement,
Ouy, fi i'ay fceu gaigner vne infigne victoire,
J'en veux gaigner vn autre en mourant auec gloire,
Et monftrer pour finir ainfi que i'ay vefcu,
Que qui fçait vaincre autruy ne peut eftre vaincu;
Ie ne fuis pas de ceux que le treffas eftonne,
Ie l'ay veu mille fois dans les champs de Bellonne,
N'ager dedans le fang, & lancer contre moy,

L'Horreur & le danger, le carnage & l'effroy,
Ie l'ay veu bien souuent en bataille rengee,
Ie l'ay veu rauager vne ville aßiegee,
Et bien loing de paßir alors qu'il approchoit,
Ie luy pouſſois deux traits pour vn qu'il decochoit,
Ny les fers, ny les feux, ny le ſang, ny les larmes
Ne m'ont iamais troublé dans le fort des allarmes,
I'ay touſiours eſſuyé les plus dangereux coups,
Et fait connoiſtre enfin que mon ſang vient de vous.
Apres cela, Seigneur, quittez voſtre tendreſſe,
Faiꞔtes que la iuſtice & le trépas paroiſſe,
Et vous ſçaurez alors mieux que par ce diſcours,
Que ie ſuis aujourd'huy tel que ie fus touſiours:

MANLIE.

Helas! ſi tu ſçauois ce que peut la nature,
Tu connoiſtrois alors combien ta mort m'eſt dure,
Mais ayant en horreur le crime que tu fis,
I'ay honte maintenant de t'appeller mon fils,
Außi ie ne veux plus te traitter qu'en coupable,

LE FILS.

Seigneur, ſi i'ay failly mon crime eſt excuſable,
Car quoy que vous diſiez d'vn ſemblable forfait,

Vous rougiriez pour moy si ie ne l'auois faict,
Ie ne fus criminel que de peur d'estre infame,
Et i'ayme beaucoup mieux qu'on me donne le blasme
D'auoir desobey pour auoir trop de cœur,
Que d'estre obeissant au despens de l'honneur;
La naissance m'aprit cette belle maxime,
Le sang me l'a depuis fait croire legitime,
Et les enseignemens que vous m'auez donnez,
Vous condamnent alors que vous la condamnez,
Vous m'auez fait instruire au temple de memoire,
Vous m'auez esleué dans les bras de la gloire.
Et me laissant conduire au gré de la vertu,
I'ay suiuy le chemin que vous auez battu;
Aussi vous me disiez pour me le faire suiure,
Que qui vit sans honneur est indigne de viure,
Qu'il faut quitter pour luy parens, amis, & Rois,
Et que c'est vne loy qui fait les autres loix,
Ce sont vos mesmes mots, & ie vous les repette
Non pas pour excuser l'action que i'ay faicte,
Mais pour vous asseurer qu'en ce mal que ie fis,
Vous pouuez bien sans honte aduoüer vostre fils:
N'appellez donc plus crime vne loüable enuie,
N'appellez plus vn mal la perte de la vie,
Et loing de me blasmer d'vn mouuement trop prompt

Aduoüez qu'un grand cœur ne souffre point d'affront,
Car si nous nous perdons pour l'honneur des Prouinces,
Deuons nous moins à nous qu'au salut de nos Princes,
Qui meurt bien pour autruy peut bien mourir pour soy,
Et se seruir soy-mesme est la premiere loy,
Ouy, si nous embrassons les interests des autres,
Nous pouuons bien perir pour deffendre les nostres,
Et m'estant pour les peuples hazardé sans effroy,
Ie pouuois un seul coup me hazarder pour moy,
Et puis i'aurois esté trop stupide & trop lasche,
Si de peur du trespas i'eus souffert cette tasche,
Car comme ie mourrois alors qu'on m'outrageoit,
Ie reuiuois aussi quand mon bras se vengeoit,
En donnant le combat i'en preuoyois l'issuë,
Et quelque affliction que vostre ame en ait euë,
Ie n'ay fait le deuoir que d'un homme de bien,
Puis qu'enfin i'ay vangé vostre honneur & le mien ;

MANLIE.

Va fils trop malheureux, va comble de misere,
Puisque l'honneur le veut, ie ne suis plus ton pere,
Ie t'abandonne aux mains du Senat qui te veut,
Ie fais ce que ie doy qu'il face ce qu'il peut,
Va, car quelque plaisir que me cause ta veuë,

Puiſque tu dois mourir ta preſençe me tuë,
Et me faut regretter le voyant, mal-heureux,
D'auoir fait naiſtre vn fils qui fuſt trop genereux,
Oüy, ie croirois mon ſort beaucoup plus fauorable,
Si i'auois vn enfant qui fuſt moins regretable,
Et ſi tant de vertus ne brilloient pas en luy,
Puiſque ie ſuis contraint de le perdre aujourd'huy,
Ie voudrois qu'il fuſt laſche afin d'auoir la gloire,
D'emporter ſur mon ſang vne entiere victoire,
Et de mener moy-meſme vn enfant au cercueil,
Pour punir ſa foibleſſe & le perdre ſans deuil,
Toutefois,

LE FILS.

ah, Seigneur,

MANLIE.

retire-toy de grace,

LE FILS.

Souffrez que ie vous parle, & que ie vous embraſſe.

MANLIE.

Non, non, retire toy, fais ce que ie te dis,
Ie ne ſuis plus ton pere, & tu n'eſt plus mon fils,
Tu le cognois aſſez en voyant que i'endure,
Que le deuoir combatte auecque la nature,
Et qu'il triomphe d'elle auec ſi peu d'effort,

Que ie ne meure pas en resoluant ta mort,
Tu vois iusques où va cette mecognoissance,
Tu vois bien que le sang a perdu sa puissance,
Qu'il n'a plus cest instinc qui l'animoit jadis,
Que ie ne suis plus pere, & que tu n'est plus fils,
Va donc, ie ne sçaurois te souffrir dauantage,
Donne ta teste.

LE FILS.

à Dieu,

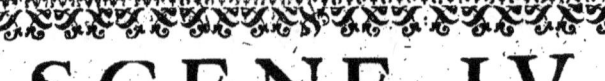

SCENE IV.

MANLIE seul.

Monstre toy, mon courage,
C'est dedans cest assaut qui faut vaincre ou perir,
Et c'est toy seul qui peux me perdre ou me guerir,
Employe en ma faueur l'artifice & les charmes,
Sers toy pour mon repos de tes meilleurs armes,
Et vueille m'assister auec de prompts effets,
Puisque i'en ay besoin plus que ie n'eus iamais,
Il s'agist d'oublier vn fils que la nature,
Auoit fait appeller ma viuante peinture,

Auoit

Vn fils que la vertu mettoit au rang des Dieux,
Et qui portoit vn cœur digne de ses ayeulx,
Mais, ô trop vain souhait de mon ame incensée!
Non, non, ie ne sçaurois l'oster de ma pensée!
Car bien loing d'en bannir vn objet si charmant,
Ie voudrois l'y grauer en traits de diamant;
Et puis quoy qu'il en soit son merite & sa gloire,
Le feroient malgré moy viure dans ma memoire,
Et le peindroient brillant de mille beaux rayons,
Pour affliger mon cœur par ces tristes crayons,
Tyran des gens de cœur, honneur chimere veine,
Helas! qu'en cest instant tu me causes de peine,
Puisque pour conseruer ma reputation,
Tu plonges mes vieux iours dedans l'affliction?
Quoy donc apres t'auoir tout vn siecle seruie,
Passé soubs ton drapeau le plus beau de ma vie,
Blanchy dessoubs l'armet, sué soubs le harnois,
Franchy tant de perils, & paty tant de fois;
Est-ce ainsi que tu veux me donner recompence,
Et couronner mes maux d'vne mesconnoissance,
Ingrat & lasche objet, fille de vanité,
Qui produits la folie & la temerité,
Source de la discorde, importune censué
Qui te nourris du sang de ceux qui t'ont conceuë?

C

Est-ce ainsi que tu veux carresser tes amis,
Sont-ce là les lauriers que tu m'auois promis,
Sont-ce là les douceurs dont tu flattois mon ame,
Sont-ce là tes ardeurs & tes desirs de flâme,
Tes soings officieux, & toutes tes ferueurs,
Bref, toute ta puissance, & toutes tes faueurs,
Oüy, certes, ie voy bien que se sont tes carresses,
Ie ressens les effets de toutes tes promesses,
Et n'estant plus nourry d'vn espoir deceuant,
Ie sçais que ta nature est de celle du vant.
I'apperçois maintenant comme tu nous abuses,
Ie receuois ton piege, & voy toutes tes ruses,
Et mon malheur m'apprend que puisque tu n'es rien,
Tu ne nous peux donner n'y causer aucun bien.
Fantosme mal-faisant toy que l'erreur des hommes,
Met au rang des vertus dans le siecle où nous sommes,
Mal-heureux poinct d'honneur, ombre qui vis d'orgueil,
Et qui m'as fait conduire vn enfant au cercueil,
Pour obseruer tes loix & paroistre equitable,
Tu m'a faict perdre vn bien qui n'a point de semblable.
Mais tenant desormais tous espoirs superflus,
A Dieu ! maudit honneur ie ne te cognois plus.

SCENE V

MANLIE, HARMENIE.

HARMENIE.

S*Eigneur,*

MANLIE.

que voulez vous, releuez-vous de grace.

HARMENIE.

Mon deuoir ne veut pas que ie vous satisface,
Et puis ie viens icy pour implorer de vous,
Vne faueur qu'il faut demander à genoux,
Ie viens faire parler le sang & la iustice,

EPAMINONDAS.

Leuez vous,

HARMENIE.

puis qu'il faut que ie vous obeïsse,

Ie le feray, Seigneur,

MANLIE.

parlez,

HARMENIE!

ces tristes pleurs

C ij

Parleront mieux que moy de mes iustes douleurs,
Et diront librement ce que ie n'ose dire,

MANLIE.

Parlez, ne saignez point,

HARMENIE.

　　　　　　souffrez que ie souspire,
Et que par ces sanglots qui m'estouffent la voix,
Ie blasme seulement la rigueur de nos loix,
Quoy, Seigneur, se peut-il qu'vne vertu farouche,
Ait fermé vostre cœur pour vous ouurir la bouche,
Se peut-il que nature ait eu moins de pouuoir,
Que des respects humains, & qu'vn foible deuoir,
Se peut-il que l'honneur vous ait rendu seuere,
Au poinct de perdre vn fils, & ce doux nom de pere,
Et ce peut-il enfin que vous ayez signé,
Le trespas d'vn enfant si sage & si bien né,

　　　MANLIE, disant les trois premiers vers bas.

Elle pleure mon fils, & moy ie le regrette,
Mais cachons par honneur la faute que i'ay faicte,
Oüy, Madame, il se peut, & vous le pouuez veoir,
Et loing de me blasmer d'auoir fait mon deuoir,
Confessez hautement qu'il estoit raisonnable,
D'oublier vn enfant puis qu'il estoit coupable,

Car quoy que ie l'aimaße et qu'il me fuſt bien cher,
I'apprehendois qu'vn iour on me pût reprocher,
Que dix mille Romains par vne noble enuie,
Pour ſauuer leur honneur euſſent perdu la vie,
Et qu'vn homme eſtimé de tous les gens de bien,
Euſt refuſé ſon fils pour conſeruer le ſien;
I'auois peur d'eſtre heureux de crainte d'eſtre infame,
En monſtrant moins de cœur que n'en euſt vne femme,
Et ie craignois enfin qu'ayant moins de rigueur,
On me vit preferer les plaiſirs à l'honneur;
Qu'auroit dit le Senat, et le peuple qui m'aime,
Si porté de l'amour du ſang, et de moy-meſme,
I'euſſe terny ma gloire et mille beaux exploits,
En deſobeiſſant le premier à ſes loix,
Dequoy m'auroient ſeruy plus de trente ans de guerre,
Et vingt combats donnez, et par mer et par terre,
Dequoy m'auroit ſeruy tant de dangers courus,
Les coups que i'ay donnez, et ceux que i'ay receus;
Bref, tant de beaux Lauriers, de Couronnes, et d'Armes,
Que mon ſang m'achepta dans le fort des allarmes,
Si ie deshonnorois ma reputation,
Par vne pitoyable et trop laſche action,
Oüy, ie donne mon fils quand l'honneur le commande,
Et ſi ie poſſedois vne choſe plus grande,

LES CINQ

Ou que ie l'eusse encor ouy, ie le donnerois,
Et l'honneur le voulant ie l'abandonnerois ;

HARMENIE.

Ah ! Seigneur, ce discours que l'honneur vous suggere,
Semble plustost partir d'vn tyran que d'vn pere !
Pardonnez moy ce mot (& songez s'il vous plaist)
Que pour trop regarder vostre propre interest,
La vanité vous flatte & veut vous faire croire,
Qu'en perdant vostre fils vous sauuez vostre gloire ;
Mais loing de l'escouter, ouurez vn peu les yeux,
Chassez la loing de vous, & vous conseillez mieux,
Alors vous connoistrez malgré son imposture,
Que les premieres loix sont celles de nature,
Qu'il n'est point de deuoir qui nous puisse forcer,
De perdre nostre sang & de nous offencer,
Et qu'enfin il est vray que le ciel nous ordonne,
De conseruer nos iours alors qu'il nous les donne,
Imitez-le, Seigneur, & sur l'heure ordonnez,
Que l'on sauue les iours que vous auez donnez,
Songez que vostre fils n'a commis autre crime,
Que celuy d'auoir fait en homme magnanime,
D'auoir sauué l'honneur du pays & des Dieux,
Et qu'il n'est criminel qu'estant victorieux,

De plus si le deuoir vous force de le rendre,
Vostre deuoir aussi vous force à le deffendre,
Puisque quoy qu'il en soit, c'est faire laschement ;
Que de suiure des loix faictes iniustement ?

MANLIE, disant les trois premiers vers bas.

Ah ! Dieux que de douleur ie sens à me contraindre !
Va-t'en, maudit honneur, ie ne sçaurois plus feindre,
Tu m'as faict trop souffrir, non, non, ie veux parler,
Madame, apres ces mots, ie ne vous puis celer
Que i'ay, quoy, i'ay dit vn sentiment contraire,
Que ie me deguisois, & qu'en fin ie suis pere,
Que l'honneur me forçoit de cacher ma pitié :

HARMENIE.

Donc par ce nom de pere, & par nostre amitié,
Par le nœud qui nous joint, par tous vos grands seruices,
Par ces marques d'honneur ces nobles cicatrices,
Bref, par ces cheueux gris, ceste grace, & ce port,
Desgagez vostre fils des prisons de la mort,
Enuoyez promptement,

MANLIE.

ie le veux, que l'on aille.

SCENE VI

MANLIE, HARMENIE, ARPHACE,
IPSICRATE. ARPHACE voyant venir Ipsicrate.

AH! Sire, c'est en vain qu'un remord vous trauaille,

MANLIE.

Hé! quoy mon fils est mort,

IPSICRATE.

ouy, Sire, s'en est fait,

Le Senat est contant, le peuple satisfait,
Car ayant par honneur fait couronner sa teste,
Que pour estre tranchée il tenoit toute preste,
Estant au pieds des murs vn fer en un moment
A fait cheoir ce beau corps dedans le monument.

MANLIE.

Ha! maudit poinct d'honneur,

HARMENIE.

il n'en peut plus, il tombe,
Soubs de si grands ennuis ma constance succombe,

ARPHACE.

O malheur sans pareil!

IPSICRATE.

ô spectacle nouueau,

HARMENIE

Porte moy sur mon lit, & du lit au tombeau.

Fin du premier Acte.

ARGVMENT
DV SECOND ACTE

R themidore ayant veu representer l'Histoire de Manlie demeure estonné, mais l'Enchanteur l'ayant aduerty qu'il se preparast de veoir d'autres merueilles, luy promet de le guerir de l'ambition dont il estoit preoccupé, & le faict entrer aux mesmes lieux où il auoit veu le premier spectacle. Lors l'on voit entrer Pharasmane Roy d'Hyberie, qui dit pour quelles raisons il assiegeoit son frere Mithridate Roy d'Harmenie, & declare à son confident que son fils Radamiste auoit vn ambition si puissante qu'il luy auoit declaré qu'il vouloit son Estat, & que ne voulât pas le priuer de vie; il luy auoit promis de luy faire auoir la Couronne de son frere, mais que

D.

voyât qu'il ne se contenteroit pas de son Roy-
aume, & qui le traiteroit auec toute rigueur; il
se repentoit de ce qu'il auoit fait. Lors le Fils entre auec le Gouuerneur de la ville où estoit
Mithridate, qui promet de la liurer : & le pere
s'y voulant opposer , le fils transporté d'ambition luy parle mal à propos, & l'oblige de l'aba-
donner : lors le fils donne ordre qu'entrant dás
la ville auec le Gouuerneur on passa tout par le
fil de l'espée, & quelque temps apres luy venât
dire que ses gens sont entrez dans la ville, mais
que Mithridate s'est sauué dans vn Chasteau
qui peut tenir cinq ou six iours; il enuoye leur
dire qu'il se rende, & qui le garentiroit de fer
& de poison, & le tenant en sa puissance, il le
fait estouffer; mais aussi tost la iustice Diuine
agissant, vne rage s'empare de son ame & le
jettant dans vn horrible desespoir , il se frappe
de son espée ; & monstre que cette ambition
estant pernicieuse traine apres soy ce malheureux effets qui ne peuuent iamais démentir
leurs causes.

ACTE II

SCENE PREMIERE

L'ENCHANTEVR, ARTHEMIDORE.

L'ENCHANTEVR.

R Appelle ton esprit, tes yeux & tes oreilles,
Et bien loing d'admirer de communes merueilles,
Reconnoy maintenant comme ce faux honneur
Ne nous peut apporter, ny plaisir, ny bon-heur,
Que c'est vn ennemy qui farde sa malice,
Qui rend ses Courtisans les esclaues du vice,
Et qui luisant tousiours d'vn esclat emprunté,
Esbloüit nostre esprit & le rend hebeté,
Qu'il plonge tous nos iours dedans l'inquietude,
Et qu'enfin le vray bien n'est que dedans l'estude :
Oüy, c'est en descouurant mille secrets diuers
Que l'on peut posseder tout ce vaste vniuers,

D ij

Et qu'aprofondiſſant la nature des choſes
On peut par les effets monter iuſques aux cauſes
Cognoiſtre tous les corps dont l'on puiſſe parler,
Veoir pourquoy la matiere eſt moins pure que l'air,
Et paſſant plus auant par vn vol tout de flâme
Apprendre pourquoy l'air n'eſt pas pur comme l'ame,
Pourquoy l'intelligence a tant de dignité
Que l'ame n'en a pas à ſon égalité,
Et recognoiſtre enfin par la diuine eſſence,
Vn eſtre encore plus pur que n'eſt l'intelligence.
Sçauoir quel eſt l'eſprit qui regit ce grand Corps
Qui le fait ſubſiſter par de diuins accords,
Comme il ſceut faire vn tout de contraires parties
Calmer les Elemens en leurs anthipaties,
Regler l'Aſtre du iour dans ſes douze Maiſons,
Adiuſter la Nature, & l'ordre des ſaiſons,
Semer d'Aſtre, les Cieux, les remplir d'influence,
Accorder leur effets auec ſa preſcience,
Confondre ſon pouuoir auecque ſa bonté,
Et former l'vnion de la diuerſité :
Ce ſont là les plaiſirs d'vn ame non commune
Qui ne redoute point les coups de la fortune,
Qui cognoiſt ce qu'elle eſt, qui triomphe du ſort,
Qui n'aime point la vie, & ne craint point la mort ;

Mais comme ces chemins sont d'abord difficilles,
On n'y voit point d'esprits qui soient mols & feruilles,
Il faut se sçauoir vaincre & chaque passion,
C'est pourquoy viens encor d'ompter l'ambition,
Et veoir comme son feu tyrannise les hommes.

ARTHEMIDORE.

Miracle des esprits & du siecle où nous sommes,
C'est par trop m'obliger,

L'ENCHANTEVR.

       ie voudrois faire plus,
Mais sans nous amuser en discours superflus,
Viens veoir comme le fils veut attaquer le pere,
Le nepveu perdre l'oncle, & le frere son frere,
Et comme cette lasche & folle ambition,
Rompt vne naturelle & saincte affection:
Allons, c'est trop parler, l'heure presse & s'aduance,
Entrons dedans ce Temple, & garde le silence.

SCENE II

PHARASMANE, PHILOCTATE.

PHARASMANE.

PVis que tu veux sçauoir d'où prouient ma tristesse,
　Et qu'il faut malgré moy te tenir ma promesse,
Voy si nous sommes seuls, & prens aussi le soing
De visiter ma garde & la posant plus loing,
D'aduertir dessus tout mon premier capitaine
Qu'il ne laisse passer, ny mon fils, ny la Reyne,
Ny pas vn officier que quand ie le diré:
Va, tu m'obligeras.

PHILOCTATE.
　　　　ie vous obeyré.

PHARASMANE, seul.

Infame ambition, seul tyran de ma vie,
Qui m'as souflé dans l'ame vne maudite enuie,
Et qui m'as fait reduire vn frere au dernier poinct,
Cesse de m'aueugler & ne me parle point,
I'ay suiuy tes conseils, ie ne les veux plus suiure,

Et ie veux qu'aujourd huy la raison m'en deliure,
Mais ie voy Philoctate ! hé bien,

PHILOCTATE.

l'ordre eſt donné !

PHARASMANE.

Eſcoute donc parler vn Prince infortuné,
Tu ſçais bien que mon frere eſt dedans ceſte place ;
Tu ſçais que ie l'aßiege, & qu'il attend ma grace !

PHILOCTATE.

Ouy,

PHARASMANE.

mais tu ne ſçais pas que c'eſt l'ambition
Qui fait que i'ay commis cette infame action.
Sçache donc que mon fils voulant vne couronne
La vouloit acheter par ma propre perſonne,
Et que noir attentat ſecretement conceu
M'alloit priuer du iour ſi ie ne l'euſſe ſçeu,

PHILOCTATE.

Ce diſcours me ſurprend,

PHARASMANE.

eſcoute vn peu le reſte,
Voulant donc étouffer vn deſſein ſi funeſte
Ie fais tant par douceur qu'il ſe declare à moy,
Me diſant toutefois qu'il vouloit eſtre Roy,

Que quoy qu'il euſt horreur d'vne action ſemblable,
Il ne pouuoit dompter vn deſir indomptable,
Et que ſi ie voulois me mettre en ſeureté
Il falloit le priuer du bien de la clarté.
I'eus beau luy remonſtrer quelle eſtoit cette rage,
Ie vis que mes raiſons l'aigrirent d'auantage,
Et qu'il falloit enfin puis qu'il vouloit reigner,
Le contenter, ou bien ne le point eſpargner,
Lors le ſang m'obligeant à ne m'en point deffaire,
Ie ſortis de l'orage en y pouſſant mon frere,
Et pour me conſeruer ie conclus & promis
De luy rauir le Sceptre, & d'aſſiſter mon fils:
Lors treuuant vn moyen de declarer la guerre,
J'entre comme vn torrent dedans ſa propre terre,
I'y plante mes Lauriers auec mes pauillons,
Et ie la fais trembler deſſous mes bataillons:
Ie gaigne ſes ſujets & ſes meilleures villes,
Chacun court dans mes bras comme dans des azilles,
Et toute l'Armenie ayant peur de perir
Le quitte laſchement n'oſant le ſecourir,
Maintenant i'ay pitié des maux qu'on luy prepare,
Et connoiſſant mon fils, & cruel & barbare,
Ie crains l'euenement de cette trahiſon,
Et voudrois le punir de mort ou de priſon;

                                        Mais

Mais ie ne le puis plus, car mes meilleurs gens-darmes
Charmez par le pillage, & le succez des armes ;
Le voyant liberal se declarent pour luy,
Et ne souffriroient pas qu'il perit auiourd'huy.
Iuge de mon malheur,

PHILOCTATE.

ie plains vostre disgrace ;

PHARASMANE.

Mais i'apperçois quelqu'vn, approchons de la place,
Ie croy que c'est mon frere, & ie dois auiourd'huy
Le veoir & luy parler, & approchons c'est luy.

SCENE III.

PHARASMANE, MITRIDATE, PARTHENIE, PHILOCTATE

MITRIDATE au haut d'vne Tour.

P Harasmane aduancez, non pas comme aduersaire,
Mais côme vn sage Prince, ou plustost côme vn frere,
Souffrez que la pitié vous conduise en ces lieux
Pour plaindre ma fortune en voyant ces beaux yeux ;
Ce sont eux qui plus forts que le Dieu des batailles

E

M'ont conduit pour vous veoir du haut de ces murailles,
Qui m'ont osté le cœur & m'ont donné la voix
Pour vous prier encor pour la derniere fois :
Ouy, ce n'est que l'amour qui parle par ma bouche,
Et vous pouuez bien veoir par l'ennuy qui me touche
Que ce n'est point pourmoy les discours que ie fais,
Puisque i'ay trop de cœur pour vous prier iamais ;
Vous sçauez que ie suis d'vn sang & d'vne race
Qui ne sçait comme il faut demander vne grace,
Qui ne veut que sa main pour guerir ses douleurs,
Et qui respand son sang bien plustost que des pleurs :
Escoutez donc l'amour qui par ces belles larmes
Vous commande auiourd'huy de mettre bas les armes,
De quitter cette place, & d'y laisser la paix,
Pour les iniustes maux que vous nous auez faits,
Aussi bien si les Dieux secondent mon enuie :
Vous ne l'aurez iamais qu'en m'arrachant la vie,
Ie vous feray souffrir cent maux auparauant,
Et vous serez encor plus de trois ans deuant,
Car ces murs sont trop bons pour en voir les ruines,
Et deux cens magazins de bleds & de machisnes,
Et des amas d'argent & des cœurs preparez
Vous cousteront du sang plus que vous n'esperez.

PARTHENIE.

Ha ! Seigneur, terminez cette fatalle guerre :
Sauuez, & voſtre honneur, & cette propre terre,
Et ſongez que le ſang veut que vous protegiez
Vn frere qui vous aime & que vous aſſiegiez,
Ie parle ainſi Seigneur, car ie ne ſçaurois croire
Que vous vouliez pourſuiure vne telle victoire,
Et qu'apres ce diſcours plus iuſte qu'eloquans,
Vous ne quittiez bien-toſt le tiltre d'attaquant :
Car de grace obſeruez ce que vous voulez faire,
Et ſi vous deſirez la mort de voſtre frere ;
Songez quel eſt Seigneur, celuy que vous perdrez
Si vous voulez ſes biens pourquoy vous les prendrez,
Et pouuant enchaiſner vn Monarque ſi braue,
Si vous endurerez qu'on le traite d'eſclaue :
Non, c'eſt des-honnorer, & vous, & vos ayeux,
Et vous priuer auſſi d'vn rang entre les Dieux,
Voſtre rare vertu vous a faict adorable,
Voſtre inſigne valleur vous rend incomparable,
Et cent perfections preſſent voſtre bonté
De ne vous pas fruſtrer de l'immortalité ;
Donc par ce meſme ſang dont vous voulez la perte,

LES CINQ

MITRIDATE.

Par ces beaux yeux moüillez, par leur peine soufferte,

PARTHENIE.

Par l'honneur,

MITRIDATE.

par l'amour,

PARTHENIE.

par ces pleurs & par vous.

MITRIDATE.

Protegez ma moitié,

PARTHENIE.

conseruez mon espoux,

PHARASMANE.

Madame, ie voudrois qu'il fust en mon possible,
Mon frere connoistroit combien ie suis sensible,
Mais dedans vos malheurs dont ie ressens les coups,
Ne pouuant rien pour moy ie ne puis rien pour vous ;
Ie sçay que vous direz que ie puis comme pere
Commander à mon fils de respecter mon frere,
Mais sçachez qu'en l'estat où ie suis aujourd'huy
Ie n'ay plus de pouuoir sur les miens n'y sur luy,
Il est ce que i'estois, & dedans cette terre
Il dispose à son gré de tous mes gens de guerre,
Il peut tout ce qu'il veut, & son ambition
Le rend sans iugement & sans discretion,

Aux deſpens de ſon ſang il veut vne couronne
La deut-il acquerir par ma propre perſonne,
Et s'il ne vous oſtoit le Sceptre de la main,
Il m'oſteroit le mien peut-eſtre des demain :
Auſſi reconnoiſſant ceſt eſprit ſanguinaire,
I'ay honte d'auoir fait tout ce qu'il m'a fait faire,
I'ay regret maintenant de l'auoir aſſiſté,
Puis qu'il vſe ſi mal de mon authorité,
Et qu'il n'employe enfin mon pouuoir & mes armes.
Qu'afin de me couſter & du ſang & des larmes :
Ouy, certes ſi i'eſtois en l'eſtat de iadis,
Ou que ie peuſſe encor m'aſſeurer de mon fils,
Bien loing de ſatisfaire à ſa brutalle enuie,
Sa mort ou ſa priſon aſſeureroient ma vie,
Et vous garentiroient des maux où ie vous voy,
Mais cela ne ſe peut,

MITRIDATE.

hé ! iuſtes Dieux, pourquoy
Authoriſaſtes-vous vn ſiege illegitime,
Pourquoy l'aidaſtes vous,

PHARASMANE.

il deguiſa ſon crime ;

Et se pleignant à moy d'vn mauuais traictement,
M'obligea d'en monstrer quelque recentiment,
Et me persuada de venir en personne
Pour venger vn affront,

MITRIDATE.

       pour m'oster la Couronne

Il s'en
va tout *Mais ie ne me plains point de cette trahison,*
en cole- *Puisque dans peu les Dieux m'en feront la raison.*

PHILOCTATE.

Sire, le Prince attend,

PHARASMANE.

où

PHILOCTATE.

      dedans vostre tente,

PHARASMANE.

Qu'il entre & plaise aux Dieux que l'ingrat me contente:
Oüy, prions pour mon frere, ô procedé nouueau ?

SCENE IV.

PHARASMANE, PHILOCTATE, RADAMISTE,
PHILON, ORCAS.

RADAMISTE.

E N fin nous le tiendrons ce superbe chasteau
Sans combler ses fossez, n'y sapper ses murailles,
Et sans verser du sang ou veoir des funerailles :
Ouy, Sire, il est à nous,

PHARASMANE.

il est à nous, comment,

RADAMISTE.

Considerez, cest homme & ces clefs seulement,

PHARASMANE.

Cest homme, quel est-il,

RADAMISTE.

il fust à vostre frere,
Mais lassé de seruir sans auoir de salaire,
Il promet de liurer la place en vn moment
Si ie veux l'honnorer de son gouuernement :

PHARASMANE.

Qu'auez-vous resolu,

RADAMISTE.

de le bien reconnoistre.

PHARASMANE.

Mon fils, c'est trop donner aux seruices d'vn traistre:
Non, non, considerez sans vous tant emporter,
Que s'il quitte son Prince il vous pourra quitter,
Que la foy qu'il vous donne est vne foy trahie,
Et qu'il vous traittera comme il faict sa patrie:
Ne vous hastez point tant calmez ce sang qui bout,
Ne precipitez rien, le temps ameine tout,
Ie sçay que c'est aduis qui donne la prudence,
Choque vostre ieunesse & vostre impatience,
Ie sçay que vostre esprit ne veut croire que soy,
Qu'il abonde en son sens, & se cache de moy;
Mais souffrez qu'auiourd'huy,

RADAMISTE.

ie souffriré tout, Sire,
Quand vous adhererez à ce que ie desire,
Et lors que vous voudrez ce que i'auray voulu
Aussi bien ce dessein est vn poinct resolu,
Et prenant aux cheueux l'occasion presente,

Si le

Si ie regne vn moment i'auray l'ame contente,
Vn homme genereux ne reçoit point d'effroy,
Et se rit des dangers quand il peut estre Roy,
Il ne veut point preuoir le mal qui le tallonne,
Et se tient trop heureux d'auoir vne Couronne;
Aussi quoy qu'il arriue on me verra demain
Le Laurier sur la teste, & le Sceptre à la main,
Et n'importe, qu'apres,

PHILON.

Seigneur, que vostre Altesse
Ne craigne rien de moy,

PHARASMANE.

quoy donc ame traitresse,
Oze-tu dementir les discours que ie tiens,
Oze-tu deuant moy corrompre ainsi les miens,
Oze-tu te vanter du coup que tu vai faire,
Oze-tu me parler d'auoir trahi mon frere,
Et par des actions pleines de laschété:
Veux-tu nous asseurer de ta fidelité,
Veux-tu que l'on te traicte en homme magnanime,
Par ce que tu promets de te noircir d'vn crime,
Monstre d'ambition, va lasche, sors d'icy,

RADAMISTE arrestera Philon.

Il n'en sortira pas que ie n'en sorte aussi,

F

PHARASMANE.

Vous parlez en ieune homme, & l'ardeur vous transporte,

RADAMISTE.

Je parle comme il faut.

PHARASMANE.

vous m'offencez,

RADAMISTE.

n'importe,

Ie sçay que ie vous dois le respect & l'honneur,
Mais vous ne deuez pas empescher mon bon-heur,

PHARASMANE.

Vous vous mesconnoissez,

RADAMISTE.

si cela pouuoit estre,

Ie me mesconnoistrois pour vous trop bien cognoistre,
Ie ne le celle point,

PHARASMANE.

insolent, souuiens-toy

Que tu n'es que mon fils, & que ie suis ton Roy :

RADAMISTE.

Oüy, ie me souuiendray que vous estes mon pere,
Mais quand i'auray demain le Sceptre que i'espere
Ie ne connoistray plus de souuerain que moy,
Et vous vous souuiendrez de n'estre plus mon Roy,

PHARASMANE bas en se promenant.

Ie voulois le prier pour le repos d'vn frere,
Mais ie ne puis icy retenir ma colere,

RADAMISTE bas à Orcas.

Orcas en attendant que son feu passera,
Sortez auec Philon, faictes ce qu'il dira,
Trenez mil des miens pour ioindre à ces deux mille
Que i'auois faict armer pour entrer dans la ville,
Qu'ils y portent la mort de l'vn à l'autre bout,
Qu'il pillent tous les biens, & qu'ils s'accagent tout,

PHARASMANE bas en se promenant.

Non, ne le prions point, & quoy qu'il en aduienne,
Parlons luy librement que rien ne nous retienne:
Oüy, c'est trop se contraindre, il est temps d'esclatter:
Traistre, ie t'apprendray de me si mal traitter,
Et tu verras dans peu, quoy que ton cœur me braue,
Que ie puis si ie veux te faire moins qu'esclaue,
Tu veux trancher du grand, mais de grace, dis moy
Qui t'a donné les gens qui sont dessous ta loy,
Qui t'a donné les biens dont ta Cour est suiuie,
Qui t'a donné le sang, qui t'a donné la vie:
Bref, qui t'a donné tout apres, si ce n'est moy,

E ij

Ie ne me diré plus ton pere, n'y ton Roy ;
Mais ce resonnement ne sert qu'à te confondre,
Et tu ne respons rien n'ayant rien à respondre :
Dis qui t'a faict si grand,

RADAMISTE.

c'est mon ambition :

PHARASMANE.

Va, lasche, dis plustost mon indiscretion ,
Ie voulus conseruer mes biens & ma couronne
Par d'infames moyens dont le succez m'estonne ;
Mais loing de contenter ce cœur ambitieux,
Ie ne suis que l'horreur des hommes & des Dieux ;
Ah ! si i'estois encor ainsi que ie souhaitte,

RADAMISTE.

Ne souhaittez plus rien puisque la chose est faicte ,

PHARASMANE.

Ne me replique point, va loing de mon aspect
Apprendre comme il faut me porter du respect,
Apprendre ton deuoir, c'est ce que ie t'ordonne ;
Mais reuiens mon honneur, deut que ie t'abandonne ;
Et que m'ayant rendu si triste & mescontant,
Ie face mon deuoir moy-mesme en te quittant :
Ouy, ie dois pour punir ton impudence insigne,
Te rauir ma presence en t'en iugeant indigne,

Et ne te tenant plus pour mon fils deformais,
Ne te veoir, ne t'oüir, ne te parler iamais :
Adieu dans peu le ciel armera sa tempeste
Pour fecher les Lauriers qui vont cindre ta teste,
Et t'enuoyer les maux que tu nous fais fouffrir.

SCENE V.

RADAMISTE reftant auec fa fuitte.

HE bien ! nous perirons quand il faudra perir,
Ie prepare mon ame aux plus rudes tempeftes,
Que le ciel en couroux verfe deffus nos teftes,
Et ie tiendray mon fort auffi noble que beau,
Si ie fais en tombant d'vn trône mon tombeau,
Rien ne m'empefchera d'enuahir vn empire,
Et d'auoir par la force vn bon-heur où i'afpire,
Ie me ris des malheurs qu'vn refueur me predit,
Et loing de reflechir deffus ce qu'il m'a dit,
Eftimant fes difcours ennemis de ma gloire,
Ie les veux pour iamais bannir de ma memoire.
Oüy, mon cœur pourfuiuons & fans nous eftonner,
Ne parlons que de vaincre & de me couronner,

De signaler mon nom par l'esclat de mes armes
D'achepter mon repos par du sang & des larmes,
Et monstrer en rengeant vn peuple soubs ma loy,
Que ie donne la crainte & n'en ay point pour moy.

SCENE VI

RADAMISTE, ORCAS.

RADAMISTE

HE bien!

ORCAS.

Sire, vos gens sont entrez dans la ville,
Dont Philon a rendu la conqueste facile;
Mais le Roy s'est sauué dans l'une de ses tours,
Qui peut tenir encor plus de cinq ou six iours,
Il se rendra pourtant si vostre courtoisie
Luy veut donner sa femme, & luy laisser la vie
En les gardant tous deux de fer & de poison,

RADAMISTE.

Que pretendent-il donc,

ORCAS.

l'exil où la prison,

RADAMISTE.

Hé bien! va leur promettre, & fur cette affeurance
Qu'ils viennent de ce pas impoffer m'a clemence,
Demeure: mon repos demande leur trespas,
Promets leur toutesfois, ie ne leur tiendray pas.

ORCAS.

Vn Prince, comme vous doit tenir fa parole,

RADAMISTE.

Orcas, cette maxime eft vn difcours friuole,
Ie les garderé bien du poifon & du fer,
Puis que mon deffein eft de les faire eftouffer:
Va leur promettre donc tout ce qu'ils me demandent,
Traitte les doucement, & fait tant qu'ils fe rendent;
Mais quand tu les tiendras, fais ainfi que ie veux,
Que l'vn de tes foldats les eftouffe tous deux!

ORCAS.

Cruel commandement, Sire;

RADAMISTE.

point de replique.

SCENE VII

RADAMISTE seul.

V A viste, c'est ainsi qu'vn conquerant s'explique,
Il doit par la rigueur appuyer ses projets,
Et loger la frayeur au sein de ses sujets,
C'est côme il se maintient: mais Dieux, quelles maximes
D'establir son repos en commettant des crimes,
Certes, quoy que ie sois cruel au dernier poinct,
Ie sens mille remords qui ne me quittent point,
Et logeant vn boureau dedans ma conscience,
Si i'ay quelques plaisirs, ce n'est qu'en apparence,
Ie fains d'estre tranquille alors que ie combats
Ie tesmoigne du cœur lors que ie n'en ay pas,
Et mon ambition est si forte & si grande,
Que souuent ie me ris de ce que i'apprehende.
Pour posseder vn Sceptre, & me voir adoré,
Ie fais les actions d'vn cœur denaturé,
Ie violle ma foy, ie procede en infame,
Ie mesprise l'honneur, & fais ce que ie blasme,

Mais

Mais auſsi toſt apres vn deſplaiſir ſecret
Faict que ie me condamne, & que i'en ay regret,
Oüy, mon ambition m'ordonne que ie faigne,
Et que ie ſois ioyeux alors que mon cœur ſeigne:
Infame paſsion, mere de mes forfaits!
Et qui m'as ſuſcité tant d'infames ſouhaits,
Ie voudrois maintenant auoir eu la puiſsance
De te donner la mort au poinct de ta naiſsance,
Puis qu'aujourd'huy tes feux ſe ſont rendus ſi grands,
Qu'ils m'oſtent le courage & font que ie me rends,
Et qu'il charment mes ſens par de telles amorces
Que ie me treuue foible au milieu de mes forces.

G

SCENE VIII

RADAMISTE vn PAGE.

LE PAGE.

SIre, ie venois dire à voftre Majefté,
Qu'Orcas,

RADAMISTE.

hé bien! mon ordre eft-il executé.

LE PAGE.

Sire, dans vn moment ie croy qui le doit eftre,
Car quand ie fuis forty par l'ordre de mon maiftre
Pour vous donner aduis qu'il auoit pris le Roy;
J'ay veu defia mourir fa femme deuant moy,
Et l'on fe preparoit d'eftouffer ce Monarque,
Qui fans doute a payé le tribut à la parque.

RADAMISTE.

Quel foudain changemēt? quel trouble & quelle horreur,

Se coullant dans mon sang allantit ma fureur :
Passe dans mon esprit, altere mon visage,
Me dérobe à moy-mesme & m'oste le courage,
Quels sont ces mouuemens, quelle est ceste douleur,
Quel Demon me poursuit, & quel est mon malheur;
Que sçay-je, qu'ay-je fait, que sçay-je que feray-je,
I'ay tout ce que ie veux, hebien! que deuiendray-je;
Oüy, Prince trop cruel, enfin est tu contant,
Si le meurtre est si doux, & qu'il te plaise tant;
Il ne te reste plus que de tuer ton pere,
Puisque tes cruautez ont estouffé son frere,
Sa femme, son enfant, ses parens & les tiens,
Et pillé sans sujet leurs terres & leurs biens;
Poursuis, choque les Dieux, les Loix & la Nature :
Acheue de ton sang cette horrible peinture,
Et pour mieux contenter tes desirs enragez,
Mange le cœur des tiens les ayant esgorgez;
Mais d'où vient ce remords & cette inquietude,
D'où vient ce changement & cette promptitude,
Et d'où vient que mes yeux d'vn nuage couuerts
Presques en vn moment se sont trouuez ouuerts;
L'as il n'estoient fermez que par mon ignorance,
Ils ne sont desillez que par l'experience,
Et c'est en possedant ce que ie desirois,

G ij

Que i'y voy des deffauts plus que ie n'esperois,
I'auois creu que les Roys releuants seuls d'eux-mesmes,
Ne recognoissoient plus de puissances supresmes :
I'auois creu mes plaisirs où ie voy mes liens,
Et i'auois pris des maux pour desouuerains biens :
Infame ambition, ah ! desespoir, ah ! rage,
C'est ce coup qu'il faut enflammer mon courage,
Et que ce fer m'ostant du nombre des tyrans :
Venge auec mes ferfaits là mort de mes parens ?
Pousse, respans ton sang, mesprise ta conqueste ?
Deschire les Lauriers qui couronnent ta teste,
Et monstre en te perçant de mille coups mortels,
Que le Ciel tost ou tard frappe les criminels,
Et que tousiours son bras armé pour la iustice
Couronne la vertu comme il punit le vice.

Fin du second Acte.

ARGVMENT
DV TROISIESME ACTE

Rthemidore ayant veu les mal-heureux effets qu'auoit produit l'ambitió
en la personne de Radamiste, est tou-
ché viuement : & faisant reflexion
dessus luy-mesme se resout pour exempter sa
vie des mal-heurs dont elle le menassoit, de dô-
ner la mort à cette Passion , mais l'Enchanteur
sçachant que l'amour qui le tyrannisoit n'auoit
pas sur son esprit vn moindre empire que l'ambition le fait entrer dans le Temple & luy faict
veoir les violences où c'est autre passion le re-
duiroit par l'exemple d'Antioque fils de Seleuque, lequel estant deuenu passionnemét amou-
reux de Stratonice sa belle mere en perdoit le
repos,& le iour & la nuict, & ne goustoit aucun

côtentement parmy tant de felicitez, dont la
Cour de son pere abôdoit. Il luy fait voir côme
il est impossible de chasser de chez nous ce tyrã
lors que nous auons permis qu'il s'en rendit le
maistre, & qu'il faut dès l'abord le repousser si
l'on veut triôpher, & n'é point estre vaincu: il luy
môstre ce malheureux amant qui se descouure
à celle qu'il aimoit le plus respectueusement
qu'il pouuoit, mais s'en voyant traicté rigou-
reusement, & croyant qu'elle s'en plaindroit à
son pere, il se resout de sortir de la vie plustost
que de se repentir de son amour: & son Medecin l'estant venu trouuer luy confirme encor
l'opinion qu'il auoit qu'elle l'auoit dit à son pere, ce qui l'oblige à le chasser seuerement, & se
voyant seul se met en estat de mourir, car rompant la pareil qu'il portoit sur vne blessure qu'il
auoit au bras il tombe en vne foiblesse, & monstre à quelle extremité l'amour des-honneste
nous reduit lors que nous n'auons pas la force
de nous deffendre de ses coups, & que nous
abandonnons nostre ame, à ce montre qui se
sert de l'image de la beauté, pour nous seduire
& pour nous perdre.

ACTE III

L'ENCHANTEVR, ARTHEMIDORE.

ARTHEMIDORE.

OVy, ie reconnois bien que cette ambition
Ne nous peut apporter que de l'affliction,
Que nous nous abusons d'y fonder nostre attente,
Et que c'est vne mer où reigne la tourmente,
Qu'vn vent impetueux esmeut à tous propos,
Et qui ne peut donner ny plaisir ny repos.
Ie sçay qu'elle nous perd quand elle nous carresse,
Ie sçay qu'elle est flatteuse autant qu'elle est traistresse,
Et que pour nous contraindre à suiure ses appas
Elle flatte nos cœurs des biens qu'elle n'a pas,
L'exemple que i'ay veu m'en donne vn tesmoignage

L'ENCHANTEVR.

Par les malheurs d'autruy tâche à te rendre sage,

Et pour bien employer le reste de ce iour,
Viens dans ce temple encor triompher de l'amour
De ce cruel tyran, dont les puissantes flammes
Ebloüissent nos yeux & surprennent nos ames,
Dé ce Dieu fabulleux qui trouble la raison,
Et de qui les douceurs sont pleines de poison;
Viens veoir comme il abbat le plus malle courage,
Comme il entre en nos cœurs soubs vne fausse image,
Et comme en abusant du nom de la beauté;
Il triomphe aisément de nostre liberté;
Comme il rend à son gré nostre perte facile
Monstrant le delectable, & l'honneste & l'vtile,
Et comme il nous promet mille contentemens
Pour nous faire mourir au milieu des tourmens;
Arme-toy, viens combattre & viens encor apprendre
Que qui luy cede vn coup ne s'en peut plus deffendre,
Mais que qui luy fait teste & resiste vne fois
Est exempt pour iamais des rigueurs de ses loix;
Tu vas voir vn enfant qui sans respect d'vn pere,
Ne se peut empescher d'aimer sa belle mere,
Qui languit & qui meurt, mais entrons il est temps.

ARTHEMIDORE.

Ie veux ce qui vous plaist, & mes vœux sont contens.

SCENE

SCENE II.

ANTIOQVE seul sur vn lict.

ENfin ie me voy seul & las de me contraindre,
Ie puis en liberté souspirer & me plaindre :
Ie puis m'entretenir auecque mes douleurs,
Et moderer mon feu par des ruisseaux de pleurs ;
Ie puis loing de mes gens, dont le soing m'importune
Reflechir librement dessus mon infortune,
Veoir des yeux de l'esprit l'object qui la causa,
Adorer dans mon cœur celle qui l'embrasa,
Et soulager mes maux par la triste pensée,
De ces aimables traits dont mon ame est blessée,
Malheureux Antioche, helas! pourquoy vis-tu,
Ce modelle parfaict de grace & de vertu,
La belle Stratonice à qui tout est possible,
Ou bien en la voyant pourquoy fus-tu sensible ;
Que ne resistois-tu comme tu le pouuois,
Que ne l'oubliois-tu puisque tu le deuois,
Que ne t'efforçois-tu d'esteindre cette flâme,
Pourquoy malgré l'honneur luy donnois-tu ton ame,

H

Et que ne montrois-tu ; mais Dieux tu la voyois,
Et quand pour l'oublier apres tu la fuyois,
Ie sçay bien que ton œil qui l'auoit regardée
Portoit dans ton esprit cette agreable idée,
Et grauoit dans ton cœur exempt de passions
Le portraict accomply de ces perfections,
Non, tu ne pouuois pas songer à te deffendre,
La beauté te pressoit, la vertu te fit rendre ;
Et si l'on peut nommer tous tes feux criminels,
Ce n'est que dans ton cœur qu'ils se sont rendus tels,
D'abord ils estoient saincts autant que legitimes,
Et ce sont tes desirs qui les ont fait des crimes.
Oüy, tu pouuois la voir & n'en rien esperer,
Tu pouuois la seruir, tu pouuois l'adorer,
Tu pouuois contenter tes yeux & tes oreilles,
En te laissant charmer par ses rares merueilles :
Bref, tu pouuois songer à son affection,
Mais non pas aspirer à sa possession :
Car elle est à ton pere, & quoy qu'elle soit belle,
L'honneur te deffendoit de souspirer pour elle,
Outre que ses desdains te deuoient enseigner,
Qu'elle ne te verroit que pour te desdaigner ;
Et qu'estant vertueuse autant qu'elle est aimable,
Elle te haïroit en te voyant coupable :

Mais ô Dieux! ie m'abuse, & de raisonnement
Ne pouuoit pas partir de l'esprit d'vn Amant,
Car pouuois-je preueoir qu'elle seroit cruelle,
Lors que ie la voyois, & si douce & si belle,
Et pouuois-je sçauoir que mon pere l'aymoit,
Quand ie ne sçauois pas que mon cœur s'enflâmoit,
Et que mes sens troublez, & que mon ame esmeuë,
Me faisoient méconnoistre à sa premiere veuë;
Quand, dis-je, i'ignorois le mal que ie sentois,
Et quand i'oubliois tout iusqu'à ce que i'estois.
Non certes, ma raison deuoit estre captiue,
Et de quelque repos dont mon amour me priue
Ie ne croiray iamais mon destin rigoureux,
Puis qu'vne deité m'a rendu malheureux;
Ie ne pouuois souffrir de plus aimables peines,
Ie ne pouuois languir soubs de plus douces chaisnes
Et puisque la beauté m'a rendu son subjet,
Ie ne pouuois mourir pour vn plus bel objet:
Ne nous plaignons donc point, aimôs, ah Dieux! que dis-je,
Quoy, violer les loix où le deuoir m'oblige;
Quoy, viure sans honneur, non ne le faisons point;
Toutefois Stratonice est belle au dernier poinct:
Respect, honneur, amour, deuoir, nature, pere,
Stratonice raison, enfin que dois-je faire.

G ij

Conseillez-moy de grace, & dedans ce transport,
Faictes que ie choisisse, ou la vie, ou la mort:
Mais mon cœur s'affoiblit, & le mal qu'il me cause
M'ordonne le silence, & veut que ie repose,
Mettons nous sur ce lict, & plaise aux iustes Dieux
Que l'amour ou la mort ferment bien-tost mes yeux;
Mais qui vient m'interrompre, ha! rigoureux supplice.

SCENE III.

ANTIOQVE, PERICLES.

ANTIOQVE.

HE bien! que me veux-tu,

PERICLES.

Seigneur, c'est Stratonice,
Qui par vn Page exprés vient d'enuoyer sçauoir
Si vous vous portez mieux, & si l'on vous peut voir,

ANTIOQVE bas.

I'ignore telle vn mal dont elle fut la cause,

PERICLES.

Que dira-t'on Seigneur,

ANTIOQVE, aprés auoir resvé quelque temps.

dis luy que ie repose,

Que mon mal est plus grand qu'il n'a iamais esté,
         PERICLES en s'en allant.

Bien, Seigneur,
                    ANTIOQVE.

                non, reuiens, dis luy la verité,
Ne dissimule rien, mais ô Dieux! ie m'abuse,
Non, ie ne la puis voir, dis luy qu'elle m'excuse;
Cours, r'approche, va-t'en, demeure, n'en fais rien,
Dis-luy, ne luy dis point, mais ne sçay-je pas bien
Qu'il faut que ie la voye & que ie l'entretienne,
N'importe, c'en est faict, va, dis luy qu'elle vienne,
Qu'elle m'obligera, mais, funeste aspect
Qui dois combler mon cœur d'amour & de respect?
Qui dois renouueller mes amours & mes peines,
Et qui dois redoubler, & mes feux & mes chaisnes,
Ne me fais point languir, & par vn prompt effort,
Soulage mes douleurs par vne prompte mort,
Fais que de nouueaux traicts d'vne celeste flâme,
Me consommoient le corps comme ils ont fait mon ame,
Que ie puisse mourir deuant les plus beaux yeux
Que la nature ait fait pour triompher des Dieux,
Et qu'vn si beau trespas soulage mon martyre,
Et leur fasse sçauoir ce que ie n'ose dire,
Mais ô Dieux! ie les voy, que dois-je faire amour.

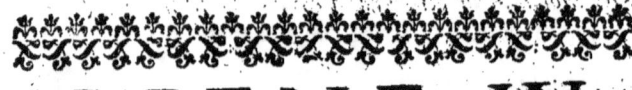

SCENE IV.

STRATONICE, ANTIOQVE.

STRATONICE.

Monſieur, ie ne ſçaurois laiſſer paſſer vn iour
Sans venir prendre part dedans voſtre infortune,
Peut-eſtre qu'en cela ie vous ſuis importune,
Et que prenant vn ſoin qui ne vous ſert de rien,
Vous n'auez pas ſubjet de m'en vouloir de bien :
Mais ſi mon trop d'ardeur paſſe pour vne offence,
Ie viens m'offrir à vous pour en prendre vengeance,
Et ſi vous m'ordonnez vn rude chaſtiment,
Ie n'appelleray point de voſtre iugement.

ANTIOQVE.

Vn homme comme moy ſeroit tenu peu ſage,
S'il s'offençoit de voir la main qui le ſoulage,
Et ſi le Medecin qui vient le ſecourir,
Loing de le contenter ne le faiſoit qu'aigrir ?
Vous m'auez deſtourné d'vne melancholie,

Où depuis peu mon ame estoit enseuelie ;
Vn songe que i'ay fait m'ayant troublé le sens
Par des efforts si doux, si vifs & si puissans,
Que ie ne puis encor effacer sa peinture.

STRATONICE.

Monsieur, si ie sçauois son genre & sa nature,
Ie pourrois bien encor vous en mieux consoler ;
Mais i'apprehenderois de vous faire parler.

ANTIOQVE.

Si vous le desirez, ie m'en vais vous le dire.
Madame, le sommeil pour flatter mon martyre,
M'ayant fermé les yeux sur la pointe du iour,
A porté mon esprit sur les aisles d'amour,
Et m'a fait trauerser des eaux & des montaignes
Pour me mettre au milieu des plus belles campagnes,
Que la nature ait fait à la honte des Cieux,
Puisque l'on y voyoit des Nymphes & des Dieux ;
Et qu'ils auoient quitté leurs voûtes estoillées
Pour venir respirer soubs ces sombres allées,
Où l'on voyoit confus le Mirthe & l'Oliuier,
Le Liere, le Buis, la Palme & le Laurier,
Où les tapis n'estoient que de Lys & de Roses ;

Et bref, où l'on voyoit tant d'admirables choses,
Qu'esperant d'en auoir d'aduantageux succez,
Ma douleur pour vn temps perdit de son excez;
Oüy, ie dis pour vn temps, car ce lieu de delices,
Deuint en vn moment celuy de mes supplices,
Lors qu'vn triste vieillard s'arrestant deuant moy,
Me profera ces mots d'vn ton remply d'effroy,
Passant, lis ce papier, ton repos t'y conuie:
Sçache quels sont ces lieux, & quel sera ton sort,
Quiconque vient icy y trouuera la mort:
Mais ceste mort apres renouuelle la vie,
En acheuant ces mots ce vieillard disparut,
Lors vne prompte horreur dans mes veines courut,
Tout mon sang se glaca, ie deuins froid & blesme,
Et restant immobile en cette crainte extresme:
I'estois prest de mourir alors que i'entreüis
Vne ieune beauté dont mes sens sont rauis:
Car elle me parut auec tant d'aduantage,
Que i'en garde dans l'ame vne immortelle image,
Et que le souuenir de ces diuins appas,
Fait que ie la crois voir, mesme en ne voyant pas,
Oüy, Madame, ie crois parler à ceste belle,
Ie pense l'adorer, ie pense estre aupres d'elle,
Ie pense luy conter l'excez de mes douleurs,

Et ie pense enrouſer ces belles mains de pleurs.
Ie ſens la meſme ardeur eſ la meſme penſee,
Ie crois veoir ſes beautez dont mon ame eſt bleſſee,
Ie tremble, ie paſlis, ie crains de la faſcher,
Ie ſouſpire aupres d'elle eſ n'oze luy toucher:
Ie voudrois luy parler, mais quand i'ouure la bouche
Le reſpect me la ferme, eſ plus frait qu'vne ſouche,
Me fait tomber paſmé deſſus ſes belles mains:

STRATONICE.

Monſieur,

ANTIOQVE.

ne craignez rien,

STRATONICE.

c'eſt pour vous que ie crains,
I'ay peur que voſtre mal.

ANTIOQVE.

ne craignez rien, Madame,
Et ſouffrez que i'acheue à vous ouurir mon ame ;
I'eſtois donc aſſoupy quand ce ieune ſoleil
Reſueilla mes eſprits par vn art ſans pareil,
Et chaſſa la frayeur dont i'auois l'ame atteinte
Pour donner à l'amour ce qui fuſt à la crainte
Preſques en vn moment ſa beauté m'enchanta,
Et preſque en moment elle me ſurmonta,

7

Außi ie croy qu'elle eſt parmy les immortelles,
Ce que Stratonice eſt parmy toutes les belles;
Elle auoit des yeux noirs fendus & releuez,
Et perſans & brillans comme vous les auez,
L'on voyoit ſur ſa bouche vne belle eſcarlatte,
Dont la viue couleur deſſus la voſtre eſclatte,
Son tint blanc ſurpaſſoit la neige en ſa candeur,
L'on voyoit ſur ſon front eſclatter la pudeur,
Son viſage eſtoit doux de meſme que le voſtre,
Sa taille eſtoit charmante & ſurpaſſoit tout autre,
Ses cheueux tous bouclez eſtoient de liez & longs,
Ainſi que vous, Madame, elle les auoit blonds,
Et pour deſcrire mieux tant de beautez parfaictes,
Elle eſtoit en vn mot de meſme que vous eſtes,
Et quand ie l'adoray ie crus que c'eſtoit vous;
Mais Dieux, que ie receus de pitoyables coups,
Alors que ie ſongé pour comble de miſere,
Qu'vn fils ne pouuoit pas aimer ſa belle mere;
Pourtant que ie ne croy pas qu'on m'en doiue punir:
Vous meſme, dites moy, que dois-ie deuenir,
Car prenez qu'en effet mon ame ſoit charmee,
Ou bien que vous ſoyez cette perſonne aimee,
Qu'auriez vous fait,
                    STRATONICE.
                      & vous,

ANTIOQVE.

recherché mon bon-heur,

I'aurois fuiuy l'amour,

STRATONICE.

i'aurois fuiuy l'honneur,

Et ne diſtinguant point l'effet de la penſee,
I'aurois eſteint ſans doute vne flâme incenſee.

ANTIOQVE

Encor par quel moyen,

STRATONICE *en s'en allant.*

par mon eſloignement,

ANTIOQVE.

Quoy, viure ſans pitié,

STRATONICE.

quoy, ſouffrir vn amant:

ANTIOQVE.

L'on peut bien eſtre aimee alors que l'on eſt belle,

STRATONICE.

L'on ne le peut ſouffrir ſans eſtre criminelle,
Et ſi quelqu'vn manioit aux deſpens de ma foy,
Ie voudrois le punir,

ANTIOQVE.

hé bien! puniſſez-moy,

Ie ſuis ce malheureux ou pluſtoſt ce coupable,

I ij

STRATONICE en s'en allant.

Ah ! Monsieur,

ANTIOQVE.

demeurez, il n'est pas veritable !
Non, non, ce n'est qu'vn songe ; et ie veux desormais,
Puisque vous le voulez, songe, à ce que tu fais
Tu ne sçaurois trouuer d'occasion meilleure,
Sçache si ie dois viure ou s'il faut que ie meure,
Mon cœur explique-toy,

STRATONICE.

Monsieur, vous pallissez,

ANTIOQVE.

Il me faut bien pasir puisque vous rougissez,
Et ie dois bien mourir puisque vostre colere
M'apprend que mon amour commence à vous desplaire,
Car enfin ie vous aime, et vous connoissez bien :

STRATONICE en s'en allant.

Adieu, n'acheuez point,

ANTIOQVE.

Madame, il n'en est rien :

Demeurez,

STRATONICE,

demeurer apres vn tel langage.

ANTIOQVE.

Hé bien! ie ne veux plus le tenir dauantage,
Mais, Madame, escoutez, non ne me scoutez point,
Ie resue, & mon amour va iusqu'au dernier poinct,
Demeurez,

STRATONICE.

       Esteignez ces ardeurs indiscrettes,
Souffrez que la raison vous dise qui vous estes,
Et vous apprenne encor pour finir vos ennuis,
Et le rang que ie tiens, & ce que ie vous suis;
En vain vous vous seruez d'artifice & de feinte,
Ie reconnois l'erreur dont vostre ame est atteinte,
Et ie n'obserue rien dans mes deportemens
Qui vous ait pû donner ces mauuais sentimens;
I'ay beau considerer mes actions passees,
Examiner mon cœur & toutes mes pensees,
Et remarquer les lieux où ie vous ay pû veoir,
Ie n'ay iamais rien faict qui choque mon deuoir,
Si mes ciuilitez ne vous ont fait accroire
Que selon nos souhaits i'aurois l'ame assez noire
Pour viure sans honneur pour violer ma foy,
Et pour souffrir qu'vn fils bruslast d'amour pour moy.
Vous-mesmes dittes moy d'où vous vint l'asseurance
D'entretenir pour moy cette infame esperance,

                        I iij

Et ce qui vous donna tant de temerité
Que d'ozer attenter à mon honnesteté
Iusqu'à me declarer vostre flâme amoureuse,
Ay-je esté pres de vous trop peu respectueuse,
Ay-je paru trop libre, ou bien m'auez vous veu
Mespriser quelquefois l'honneur & la vertu,
Me suis-ie diuertie à quel jeu qu'on blasme,
M'auez vous pû connoistre autre honneste femme,
Et pour vous dire plus, enfin remarquez vous
Que i'aime ou que i'adore autre que mon espoux.
Dites, respondez-moy, mais par vostre silence
Vous m'informez assez de vostre repentance,
Aussi ie me contente & n'en vous veux punir,
Qu'en ne vous tenant plus dedans mon souuenir,
Adieu, guerisez-vous, soyez plus raisonnable,
Et voulant estre aimé ne soyez plus coupable :
Car lors que la vertu reglera vos desirs
Vous pourrez souspirer pour d'honnestes plaisirs,
Estant ciuil, courtois, & beau comme vous-estes,
Vous pourrez enflammer le cœur des plus parfaictes,
Et vos perfections donneront de l'amour
A mille astres naissans qui brillent à la Cour,
Aimez, vous le pouuez, mais sçachez que le sage
Voit des appas en l'ame encore plus qu'au visage,

Et que cette beauté qui paroiſt au dehors,
Eſt l'ombre ſeulement dont vn autre eſt le corps,
Que nos plus beaux attraits ne ſont qu'vne peinture
Qui releuent touſiours des loix de la nature
Qu'elle voit bien ſouuent auec vn œil jaloux
Que le temps affoiblit & qui meurt auec nous.
Oüy, noſtre corps n'eſt beau que pendant ſa ieuneſſe,
Et ce n'eſt qu'vn palais de qui l'ame eſt l'hoſteſſe,
Ce n'eſt qu'vn veſtement qu'elle a pour ſe parer,
Et ce n'eſt point l'habit que l'on doit adorer:
Songez donc en ſortant de ce honteux ſeruage
Que l'ame a des appas plus beaux que le viſage,
Que l'honneur eſt l'objet qui nous doit enflâmer,
Et que ſans luy iamais nous ne deuons aimer.

SCENE V.

ANTIOQVE.

AH Dieux! elle s'en va, mal-heureux Antioque:
  Enfin reconnois-tu que ton amour l'a choqué,
Que ſon cœur eſt vn fort gardé par la vertu,
Qu'en vain iuſques icy l'amour a combatu?

LES CINQ

Cognois-tu ses froideur & sa rigueur extréme,
Ou pour mieux en parler te cognois-tu toy-mesme.
Oüy, tu dois bien sçauoir apres tant de mespris
Que de tous tes trauaux la mort sera le prix,
Puis que si tu ne peux oublier cette belle,
Tu ne dois esperer que de mourir pour elle :
Faisons donc vn effort pour finir nos douleurs ;
Arrestons nos souspirs, ne versons plus de pleurs,
Mon cœur ne prions plus vne femme inflexible,
N'en esperons plus rien puis qu'elle est insensible,
Et que c'est vn rocher qu'on ne peut esmouuoir :
Amour, maistre des Dieux, i'implore ton pouuoir ;
Mais d'où vient ce transport & quelle est ma foiblesse,
I'inuoque pour querir le tyran qui me blesse,
Et voulant vne main pour briser mes liens,
I'appelle à mon secours celle dont ie les tiens,

SCENE

SCENE VI

ANTIOQVE, EROSTRATE, PERICLES.

PERICLES.

MOnſieur, ie crois qu'il dort,

EROSTRATE.

gardez qu'on ne l'eſueille.

ANTIOQVE.

O tourment ſans remede! ô rigueur ſans pareille!

EROSTATE.

Il reſue, approchons nous,

ANTIOQVE.

ah! deſirs ſuperflus,

EROSTRATE.

Nous apprendrons ſon mal,

ANTIOQVE.

non, non, n'eſperons plus,

Il faut mourir,

PERICLES.

Monſieur, il ne dort point ſans doute,

Il ſe plaint ſeulement,

K

ANTIOQVE.

approchez, qui m'escoute,

Erostrate est-ce vous?

EROSTRATE.

Seigneur, sa Majesté

M'enuoyoit informer,

ANTIOQVE.

de quoy, de ma santé:

EROSTRATE.

Oüy, Seigneur, mais ô Dieux i'obserue dans sa veuë,
Le trouble de ses sen. Vous auez l'ame esmeuë?

ANTIOQVE.

Il est vray,

EROSTRATE.

quels objets auez vous veu ce iour,

ANTIOQVE bas.

Sans doute il sçait mon mal,

EROSTRATE bas.

sans doute c'est l'amour,

Et ie viens maintenant de veoir sortir la Reyne,
Feignons bien, mais Seigneur, tirez moy donc de peine,
Stratonice, à ce mot le poux luy bat plus fort,
Ie cognois maintenant d'où luy vient ce transport,

ANTIOQVE.

Que voulez-vous me dire, acheuez Stratonice.

EROSTATE.

Seigneur, si vous voulez que ie vous obeisse,
Il me faut aduoüer ce que ie vous diray,

ANTIOQVE.

Si c'est la verité ie la confesseray.

EROSTRATE.

Confessez donc, Seigneur, que la Reyne a des charmes,
Qui sont depuis long-temps le sujet de vos larmes,
Et que c'est son amour qui cause vos langueurs,

ANTIOQVE bas.

Ce n'est pas son amour, mais ce sont ses rigueurs,
Puis qu'elle vient encor d'en aduertir mon pere,
Mais feignons, sçauez vous qu'elle est ma belle mere,
Et m'osez vous tenir ce discours indiscret,
Sçachant que ie suis sage, & que i'ay du respect,

EROSTRATE.

Puis que mon sentiment vous desplaist & vous fasche,
Il faut que ie me t'aise & que ie vous le cache :

K ij

ANTIOQVE.

Non, ne me celle rien. Sans doute elle l'a dit,
D'où l'auez-vous appris. Il paroist interdit :

 EROSTRATE.

Seigneur, i'ay remarqué que quand vous l'auriés veuë,
Vostre poux,

ANTIOQVE.

       c'est assés, ta fourbe m'est connuë,
Va-t'en, retire-toy, tu n'es pas assés fin,
Ie te tiens Courtisant & mauuais Medecin,
Ne me parle iamais auec tant de licence.
Moy cherir, Stratonice ah Dieux? quelle insolence!
Mais mon pere t'enuoye, & c'est son ordre exprés
Que te faisoit icy m'obseruer de si pres,
Sans cela tu verrois iusqu'où va ma collere,
A Dieu ie te pardonne à cause de mon pere,
Ne te monstre iamais,

SCENE VII.

ANTIOQVE seul.

Il vouloit feindre en vain,
Et i'ay bien reconnu quel estoit son dessein,
Mais Dieux, mon pere sçait que i'ayme Stratonice:
Ah! destins, il est temps que ma flâme perisse,
Ie dois pour l'arracher faire vn dernier effort,
Et si ie dois aimer ce n'est plus que la mort:
Car comment veoir mon pere apres vn si grand crime,
Et comment appaiser le courroux qui l'anime,
De quel air soustenir les plaintes qu'il fera,
Et comment endurer tout ce qu'il me dira.
Ie ne puis ny ne dois attendre ces reproches,
Non, non, il faut courir aux remedes plus proches
Par des moyens plus doux, ie me puis contenter,
Le trespas vient s'offrir, & ie dois l'accepter,
Aussi bien Stratonice en m'ostant l'esperance
Me fait veoir cette vie auec indifference,
Et comme elle est l'objet qui me l'a fist cherir;
Alors qu'elle me hait, c'est quand ie dois mourir;

Moûrons donc, & rompant le pareil que ie porte,
Faisons r'ouurir ma veine afin que mon sang sorte,
Et si l'on m'en tira pour me faire guerir,
Tirons-en maintenant à dessein de mourir?
Mais iustes Dieux, il coule & sa chaleur extréme,
Enseigne en s'exallant que ie brusle & que i'ayme,
Amour cruel, autheur du mal que i'ay commis,
Ennemy le plus grand de tous mes ennemis :
Demon qui te pourris des pleurs des miserables,
Et qui fais des amans pour faire des coupables :
Si i'eusse recønnu ton naturel ingrat,
Ou si i'estois encor en mon premier estat,
Bien loing de me soubmettre à ton iniuste enuie
De te sacrifier mon repos & ma vie,
Et de noircir ma gloire en bruslant de tes feux,
Je m'empescherois bien de te faire des veux,
Ie romprois tes Autels, ie razerois tes Temples,
Et pour faire cesser tant de mauuais exemples,
Ie te ferois hair & chasser en tous lieux,
Et te ferois oster du nombre de nos Dieux :
Mais le sang que ie pers m'approche au dernier terme,
Mon œil s'appesantit, ma paupiere se ferme,
Ie succombe, & perdant la lumière du iour,
Ie meurs du seul regret d'auoir eu de l'amour.

Fin du troisiesme Acte.

ARGVMENT
DV QVATRIESME ACTE

A Rthemidore ayant veu les mal-heureux effects que l'amour auoit cauſez
en la perſonne d'Antioque, prie l'Enchanteur de guerir encor ſon eſprit de
la ialouſie dont il eſtoit preoccupé. Ce qu'il fait
auſſi-toſt, luy propoſant l'Hiſtoire d'Emilie
Gentil-homme de la Ville de Sybaris, lequel
auoit vne ieune femme tellement amoureuſe
de luy, qu'elle paſſa de l'excés de l'amour à celuy
de la ialouſie : Ce qui faiſoit qu'il ne pouuoit s'é-
loigner d'elle, qu'elle ne crût que s'eſtoit à deſſein de la tromper : tellement qu'vn iour comme il ſortoit de grand matin pour aller à la chaſ-
ſe, elle le ſuiuit, & le voulans obſeruer ſe cacha

dans vn bocage : mais fon mary voyant remuer
des fueilles, & penfant que ce fut quelque proye
tirant deffus la blefla dans le bras, ce qu'ayant
recogneu il fe defefpere & détrompe le mieux
qu'il pût, cette femme que les Dieux auoient
punie par la main, & caufe de cét exercice ialou-
fie qui l'aueugloit fans ceffe, & l'empefchoit de
leur rendre les deuoirs que leurs puiffances fou-
ueraines exigent de tous les mortels.

ACTE IV.
SCENE PREMIERE.

L'ENCHANTEVR, ARTHEMIDORE.

ARTHEMIDORE.

IE connois maintenant la force de ces flâmes,
Qu'vn indiscret amour allume dans nos ames ,
Ie sçais qu'il est aisé d'en triompher d'abord,
Mais qu'apres on en fait vn inutile effort ;
L'exemple que i'ay veu me fait bien reconnoistre
Que ce feu peut s'esteindre au moment qu'il peut naistre,
Mais que si nous aimons l'atteinte de ces coups
Lors nostre guerison ne dépend plus de nous :

L'ENCHANTEVR.

Pour t'obliger encor à m'aimer dauantage ;
Ie veux te faire veoir l'excez de cette rage,

L

Te monstrer en tableau tous les maux qu'elle a faits,
Et comme elle produit de dangereux effets,
Et met dedans nos cœurs un vert de ialousie
Qui iette nostre esprit dedans la frenaisie
Qui depraue nos sens qui nous fait tout blasmer
Et condamner souuent ce qu'il faudroit aimer.
Ie vais te faire veoir vne indiscrete femme
Qui se laisse emporter à l'ardeur de sa flâme,
Logeant dedans son sein de dangereux soupçons
Qui troublent son repos en diuerses façons,
Et malgré la raison & le tiltre d'espouse,
Va iusqu'à la folie en deuenant ialouze,
En blasmant sans raison celuy qui nuict & iour
Adoroit ces beaux yeux qui causoit son amour:
Tu verras iusqu'où va sa rage & sa manie,
Tu la verras coupable, & tost apres punie
En receuant du Ciel vn iuste chastiment:
Entrons,

ARTHEMIDORE.

que de profit & de contentement

SCENE II

MARTIANE, ALPHÉE.

ALPHÉE.

MAdame, triomphez de cette jalousie,
Estouffez ce boureau de vostre fantaisie,
Rendez-vous le repos qu'il vous auoit osté,
Et desillez vos yeux pour veoir la verité:
Vostre espoux est trop sage, & vous estes trop belle
Pour croire qu'il s'adonne à quelque amour nouuelle,
Car il ne peut veoir d'objet qui soit plus doux,
Il n'en sçauroit trouuer qui l'aime mieux que vous,

MARTIANE.

Pour ne me point flatter par ce charmant langage
Dis qu'il n'en peut trouuer qui l'aiment dauantage,
Mais que malgré mes veux, ma constance & ma foy,
Il n'en verra que trop qui vallent mieux que moy:
Et c'est en quoy grâds Dieux, ie vous treuue blasmables
D'assembler deux moitiez qui sont si dissemblables,

De joindre des deffauts à la perfection,
Et si peu de merite à tant d'affection.
Que ne me donniez-vous vn espoux moins aymable,
Si vous reconnoissiez que i'en fusse incapable,
Et puis qu'il meritoit tant au dessus de moy,
Que ne luy donniez-vous quelque fille de Roy,
Ils eussent eu l'amour égal à leurs fortunes,
Ils eussent eu la couche & la tombe communes,
Et les ayant vnis par cette égalité,
L'vn eut esté contant quand, l'autre l'eust esté;
Mais pourquoy l'excuser, & pourquoy m'accuse-ie,
Mais pourquoy me hait-il, ou bien pourquoy l'ayme-ie.
Et toy qui nous ioignis ! Ciel que ne permis-tu,
Ou que i'eusse son vice, ou qu'il eut ma vertu,
Qu'il ne fust point volage, ou bien que ie la fusse,
Qu'il ne me plut iamais, ou bien que ie luy pleusse,
Et que pour m'espargner tant de pleurs superflus,
Ie ne l'aimasse point quand il ne m'aime plus,

    Mais non, ie ne veux point que ma flâme perisse :
Oüy, ie le dis encor, qu'il m'aime ou qu'il haïsse,
Qu'il mette dans ses bras l'object de son desir,
Qu'il y pasme d'amour de gloire & desplaisir,
Et que pour augmenter le regret qui me tuë,
Il me fasse appeller pour en auoir la veuë

Malgré tout le despit qui pourroit m'animer,
L'ayant tousiours aimé ie veux tousiours l'aimer,
Rien ne m'empeschera, mais Dieux, que veux-ie faire!
Non, non, ie dois plustost r'allumer ma colere,
Et preste à veoir l'objet dont il est enflammé,
Le hayr d'autant plus que ie l'auois aimé :
Allons, c'est par icy qu'il faut bien-tost qu'il passe,

ALPHEE.

Madame, il n'a dessein que d'aller à la chasse ;

MARTIANE.

Non, non, il doit trouuer dedans ces lieux secrets,
Le coupable sujet de ses feux indiscrets ;
C'est icy qu'il doit veoir sa nouuelle maistresse
Allantir dans ses bras le tourment qui le presse,
Et qu'au mespris d'Hymen, d'amour & de sa foy
Il me nomme ialouse, & se moque de moy.
Mais il faut desormais que mon courage esclatte,
Il faut pour vn ingrat que ie deuienne ingratte,
Il faut que ie haïsse alors qu'on veut hair,
Que ie trahisse encor puisqu'on me veut trahir,
Que ie donne la mort à celuy qui me tuë,
Et que ie perde enfin celuy qui m'a perduë :
Oüy, oüy, mon cœur changeons celuy qui nous changea,
Songeons à nous venger, puis qu'il nous outragea

Et sans nous souuenir de nostre amour extreme,
Perdons-le seulement pour nous perdre nous-mesme,
Il n'est point de milieu dans ces extremitez,
La vengeance ou la mort sont de tous les cottez,
Ie veux perdre vn ingrant quand ie voy qu'il m'abhorre,
Ou sa teste, ou son cœur doit, mais ie l'aime encore,
Et ie reconnois bien par l'estat ou ie suis,
Que ie veux l'oublier, mais que ie ne le puis.
Ah! Dieux, qui me voyez, si triste & si pensiue,
Et faictes que ie meure, ou faictes que ie viue,
Rendez moy le tresor que ie tenois de vous,
Et me donnez enfin la mort ou mon espoux,
Ie ne vous presse point de pardonner vn crime,
Ie ne demande rien qui ne soit legitime,
Mon desir est borné des termes du deuoir,
Et ie ne veux qu'vn bien que ie deurois auoir.

 Vous beautez, qui bruslez d'illegitimes flâmes,
Si parfois vos amans cherissent d'autres femmes,
Vostre sort pres du mien n'a rien qui ne soit doux,
Vous perdez vn amant, moy ie pers vn espoux,
Et vous enrichissant de la perte d'vn autre,
Vous pleurez quelquefois vn bien qui n'est pas vostre,
Mais dedans mon amour que la raison soustient,
Ie pleure seulement vn bien qui m'appartient:

Ie pleure mon espoux, mais ie le voy paroistre,
Fuyons,

SCENE III

EMILLE, MEGISTE chasseur.

MEGISTE en luy presentant son corps?

C'est ce qu'enfin i'en ay pû reconnoistre,

EMILLE.

Tout est gros & noüé, mais as-tu bien pû veoir,
Quelle ramure il porte,

MEGISTE

oüy,

EMILLE.

fais le moy sçauoir,

MEGISTE:

Il est bien cerf dix corps, sa teste est bien paumee,
Fort ouuerte, fort haute, & de plus bien sommee,
Sa perlure est bien nee, & son pelage est gris,
Il est fort haut de iambe, & deuant qu'il soit pris,
Ie crois que nos coureurs reprendront leur haleine:

EMILLE.

Il faut que le plaisir se mesure à la peine,
Mais ie viens d'obseruer quelque chose de noir
Au trauers ce feüillage, & ie l'ay veu mouuoir:

MEGISTE.

Tirez,

EMILLE.

    ne parle point, c'est quelque belle proye,
Et ie la tiens à moy, pourueu que ie la voye,
Ie ne sçaurois encor discerner ce que c'est,
Ie vay tirer pourtant puis que mon arc est prest,
C'est vn trait de perdu, n'importe,

SCENE

SCENE IV.

EMILLE, MARTIANE, ALPHE,
PHALANTE, MEGISTE.

MARTIANE *fortant du bocage.*

ah ! miferable,

EMILLE.

De qui vient cette voix, & ce cry lamentable,

ALPHEE.

Monfieur, qu'auez vous fait,

EMILLE.

que voy-je iuftes Dieux:

Las ! ie viens de bleffer ce que i'aymois le mieux,
Madame,

MARTIANE.

laiffe moy, ne parle point,

EMILLE.

Madame,

MARTIANE.

Ma heine,

M

EMILLE.

mon amour, diuin objet

MARTIANE.

　　　　　　　　　　　　infame,

Te reſſouuiens-tu bien que tu parles à moy,
Va, rappelle tes ſens, connoiſ-moy, connoiſ-toy,
Mon viſage n'a pas l'eſclat que tu demandes
En vn mot, mes beautez ne ſont pas aſſez grandes,
Pour arracher de toy ces termes plains de feu :
Bref, tu merites trop, & moy ie vaux trop peu.

EMILLE.

Mauuaiſe n'accrois point la douleur qui me touche,
Souffre que la raiſon me ferme icy la bouche,
Et que ie te condamne en vn autre ſaiſon,
Puis qu'il faut ſeulement chercher ta gueriſon,
Amy ſon ſang ſe pert, il faut que tu l'etanches,
Cependant que Phalante ira couper des branches
Pour la porter deſſus de peur de l'esbranler :

MARTIANE.

Ingrat,

　　　　　　　EMILLE.

　　ne parle point,

MARTIANE.

non, non, ie veux parler,
Permets en cet estat que rien ne me contraigne,
Et m'ayant fait des maux souffre que ie m'en plaigne,

EMILLE.

Vous aigrirez vos maux,

MARTIANE.

ie les veux bien aigrir,
Puisque i'espere en eux les moyens de mourir.
Quoy, n'auois-tu permis nostre sainct himenee,
Que pour m'oster la foy que tu m'auois donnee,
Ne m'enleuois-tu donc au comble du bon-heur,
Que pour precipiter mes iours & mon honneur,
Ne m'auois-tu promis tant de rares delices,
Que pour me mettre apres au milieu des suplices,
Ne me carressois-tu qu'afin de me trahir:
Et bref, ne m'aimois-tu qu'afin de me hair:
Lasche, reproche moy la faute que i'ay faicte,
Excuse ton erreur, c'est ce que ie souhaitte
Pour te rendre innocent, cherche en moy des deffauts,
Et m'accuse plustost auec des crimes faux.
Alors que ie sçauray pourquoy tu m'as changee
Sans doute, ma douleur en sera soulagee,

M ij

Et ie seray contante à l'heure de ma mort,
Si i'apprens qu'en viuant ie t'accusois à tort :
Mais, helas ! i'ay bien peur de sçauir le contraire
Pour vouloir t'excuser ie ne le sçaurois faire,
Le desir que i'en ay ne peut rien en ce poinct,
Car ton crime est visible, & le mien ne l'est point.
Où sont, où sont ingrat tant de belles promesses,
Où sont tant de sermens, où sont tant de carresses,
Où sont tant de respects ou sont tant de souspirs,
Où sont tes premiers feux & nos premiers plaisirs.

    Vous de qui la constance est encor inconnuë,
Chere felicité, qu'estes-vous deuenuë,
Pourquoy dans nos beaux iours fuyez vous loing de nous,
Ou pour en mieux parler pourquoy nous suiuiez-vous,
Las ! ie ne connois plus vos faueurs innoüyes,
Leurs charmantes douceurs se sont euanoüyes,
Et ie voy par les maux qu'elles me font souffrir
Qu'vn instant les fist naistre ; & les a faict mourir :
Ce sont de ces esclairs que les airs nous produisent,
Qui meurent à nos yeux aussi-tost qu'ils nous luisent,
Ce sont de ces clartez qui passent promptement,
Et de qui tousiours l'estre est borné d'vn moment.

EMILLE.

Mon cœur tes sentimens sont trop dignes de blasme,

Termine ces discours qui font tort à ma flâme,
Ne me soupçonne point de te manquer de foy,
Puis qu'il est asseuré que ie n'aime que toy :
Helas ! tu le peux veoir, à ma douleur extréme,
Car depuis ton mal-heur ie ne suis plus moy-mesme ;
Et ie sens dedans moy tant de viues douleurs,
Que tout ce que ie puis est de verser des pleurs.
Je ne me connois plus, tous mes esprits se troublent,
Mon déplaisir s'accroist, & mes craintes redoublent
Chasque objet m'est fascheux, tout me parle d'horreur,
Tout me deffend l'espoir tout me met en fureur,
Et me faisant songer au crime que ie pleure,
Tout rappelle mon deüil, & tout veut que ie meure :
Ah ! Ciel, si ta rigueur demandoit vn objet,
Tu debuois la verser sur vn autre sujet,
Et punir bien plustost vne amie criminelle,
Que d'en affliger vne, & si noble, & si belle :
Si tu voulois du sang que n'armois-tu ton bras
Pour punir entre nous ceux qui te font ingrats,
Que ne foudroyois-tu d'execrables impies
En les sacrifiant à tes iustes furies,
Ou si tu desirois celuy des gens de bien,
Ton courroux iustement pouuoit choisit le mien,
L'ay tousiours respecté tes Autels & tes Temples,

Tous mes deuoirs pour eux ont esté sans exemples,
Et les voyans suiuis d'vn si mauuais effet,
Je voudrois maintenant n'en auoir pas tant fait.
Apres ce que i'ay dit que tarde ton tonnerre,
Que ne fais-tu r'ouurir le centre de la terre,
Que ne m'abisme-tu dans le creux des enfers
Pour y souffrir des maux qu'on n'ait iamais soufferts:

MARTIANE.

Helas ! tout ce qu'il dit me semble veritable,
De l'aime, & mon amour rend le sien vray semblable,
Car passant dans l'excez il me reduit au point,
De croire ce qu'il dit pour ne l'affliger point.
Cesse de t'affliger cher espoux, ie te prie,
Modere tes transports, appaise ta furie,
Pardonne mes soupçons, excuse mon erreur,
Et ne me montre plus ce qui me fait horreur.
Puis qu'vn excez d'amour me rendit criminelle,
Fais que ce mesme excez rende ma faute belle ;
Et ne te fasche point de pardonner en moy
Ce que tu voudrois bien que i'excusasse en toy:
Il est vray, i'ay failly, ie confesse mon crime,
Et l'adueu que i'en fait le rendroit legitime,
Si tu considerois bien loing de me blasmer,

Que ie ne l'auois fait que pour te trop aimer :
Ah ! rigueur du destin, ah ! fortune barbare,
Quoy, ce qui nous ioignit est ce qui nous separe,
Nous sommes des-vnis par ce qui nous vnit,
Et ce qui fist nostre heur est ce qui le finit.
C'est amour qui jadis faisoit nostre allegresse
Est maintenant celuy qui fait nostre tristesse,
Puis que nostre bon-heur seroit au dernier point,
Cy deuant nous quitter nous ne nous aimions point.
Tu souffres pour me veoir iustement enflammée,
Et moy ie souffre aussi pour me veoir trop aimée,
Et t'estimant enfin, & t'aymant mieux que moy,
Mon regret vient de veoir ce mesme amour en toy.
Tu pleures mes langueurs, moy ie pleure les tiennes,
Ie ressens tes douleurs, & tu ressens les miennes,
Comme tu crains pour moy, c'est pour toy que ie crains,
Et ce n'est point mon mal, mais le tien que ie plains
Ie voudrois en mourant soulager ton martire,
Mais loing de l'adoucir, ce remede l'empire,
Car puis qu'il faut souscrire à nostre mauuais sort,
Comme que tu vis en moy, tu mourrois en ma mort.

EMILLE.

Ne te ressouuiens plus de nos amours passees,
Tu ne sçaurois guerir par de telles pensees.

MARTIANE.

Ah! deſtin, change vn peu la rigueur de tes coups,
N'eſpargne point ta femme, & conſerue l'eſpoux:
Vous grands Dieux immortels qui reglez toutes choſes,
Faictes que les effects reſpondent à leur cauſes,
Que la fin ſoit pareille à ſon commencement,
Et qu'vn iuſte principe ait bon euenement.
D'abbord mille douceurs ſuiuoient noſtre himenée,
Chacun eſtoit ialoux de noſtre deſtinée,
Et vous nous prodiguiez tant de bien-faicts diuers
Que nous en auions ſeuls plus que tout l'vniuers.
Mais, helas \ ces faueurs n'ayant rien de vulgaire
Nous ayant fait heureux ne nous le firent guere,
Sans que nous change aſsions leur nature changea:
Et qui nous carreſſoit alors nous outragea,
Nous ayant aſsiſtez vous nous abandonnaſtes,
Nous faiſant des plaiſirs vous les empoiſonnaſtes;
Et nous connuſmes bien en tombant de ſi haut
Que vous nous eſleuiez pour faire vn plus grand ſault,
Que iuſque dans le Ciel vous auiez mis nos teſtes,
Par ce que c'eſt l'endroit où ſe font les tempeſtes,
Et qu'en nous puniſſant pres d'vn ſi grand bon-heur,
Noſtre punition auroit plus de rigueur.

                                                    Mais

Mais , helas ! iuftes Dieux , pourquoy vous accusé-je
Lors que ie parle ainfi ie fais vn facrilege,
C'eft moy feule qui fais les malheurs où ie fuis ,
Et c'eft moy feule enfin qui caufe mes ennuis ,
Me laiffant aueugler par l'amour de moy-mefme,
Et me laiffant conduire à fa fureur extréme ,
Mon efprit s'attacha tellement en ces lieux ,
Qu'en approchant la terre il s'efloigna des Cieux ,
Il oza mefprifer voftre beauté fupréme ,
Oublia fon deuoir fe mefconnut foy-mefme ,
Et ne vous rendant plus d'hommages fouuerains ,
Il adora pour vous l'ouurage de vos mains :
Mais ne laiffant iamais vn crime fans fuplice ,
Vous luy fiftes fentir qu'elle eft voftre iuftice ,
Vous luy fiftes trouuer la mort dans les plaifirs ,
Et le fiftes punir par fes propres defirs.
Comme s'il euft efté de voftre intelligence ,
Vous ayant offencez il en tira vengence ,
Il fe punit foy-mefme , & par vn iufte effet ,
Il fit en s'outrageant ce que vous auriez fait :
Dans les bras de l'amour & de la iouïffance ,
Il fit naiftre vn bourreau dedans fa confcience ,
Il logea dedans luy fes plus grands ennemis ,
Et fe perdit enfin quand vous l'euftes permis.

N

LES CINQ

EMILLE.

Ah! iuſtes Dieux, faut-il que vous l'ayez punie
Pour cherir ſon eſpoux d'vne ardeur infinie,
D'où vient que noſtre himen à ce mauuais ſuccez,

MARTIANE.

Par ce que mon amour alloit iuſqu'à l'excez:
Oüy, t'ayant trop auant dedans la fantaiſie,
Ie paſſay de l'amour iuſqu'à la ialouſie
Qui me fiſt rencontrer du poiſon ſur les fleurs,
Et change a mes plaiſirs en autant de douleurs.
Jnfame paſſion qui bourelle nos ames,
Et meſle ton venin dans les plus belles flâmes,
Peſte des amitiez, dragon pernicieux
Qui trouble noſtre eſprit en nous fermant les yeux,
Ennemy coniure d'vne ſaincte alliance,
Enfant de la foibleſſe & de la meſfiance,
Mais qui romps quand tu veux par tes moindres efforts,
Les liens les plus doux, & les fers les plus forts:
A Dieu! retire-toy, ie connois ta malice,
Cherche quelqu'autre azille & quelqu'autre complice,
Mais, helas! c'eſt trop tard que mon cœur ſe repent,
Ie deuois en naiſſant eſtouffer ce ſerpent,

Et ne luy donner pas cette insolence extréme
De trouuer des deffauts dedans la vertu mesme,
Ie ne luy deuois pas donner l'authorité
De reigner en tyran dessus ma volonté.
De troubler mon repos de me rendre captiue,
Et d'esteindre à iamais vn ardeur excesiue.
Quoy, ne peut-on aimer sans auoir de soupçons,
Faut-il vouloir hair lors que nous cherissons
Vn vertueux amour produit-il ces pensees:
Non, non, c'est le tallent des ames incensees,
Aussi pour me punir des maux que ie t'ay faits,
Ie vais par mon trespas expier mes forfaits.

EMILLE.

Iustes Dieux, ce discours augmente mon martire :
Viuez,

MARTIANE.

conseruez-vous,

EMILLE.

ah ! ie meurs,

MARTIANE.

ah ! i'expire,

N ij

PHALANTE.

Monsieur, voftre brancart eft à trois pas d'icy,

EMILLE,

Allons , fi tu peris ie veux perir auffi.

Fin du quatriefme Acte.

ARGVMENT DV Vᵉ. ACTE.

L'Enchanteur ayant fait voir l'Hiſtoire d'Emilie à Arthemidore, recognoit vn grand changement en ſon eſprit, & voit clairemét des marques de l'impreſſion que ces exemples auoit fait ſur luy : ce qui l'oblige de le faire encor r'entrer dans le Temple, pour luy monſtrer en l'Hiſtoire de Biſathie le tort que nous nous faiſons, de croire aux premiers mouuemens que nous inſpire la fureur & la hayne; car cette pauure Infante eſtant deuenuë eſperdument amoureuſe de Calpurnie, que ſon pere (le Roy des Maſſiliens) vouloit immoller, elle le garantit, & pour le ſauuer le cache en vne maiſon d'vne de ſes confidantes : mais ce malheureux Amant ayant trouué l'occaſion de ſortir des terres de ſon pere en ſortât de cette maiſon, s'enfuit auec le deſſein de reuenir voir Biſathie auec plus de ſeureté pour luy : mais lors qu'elle fut aduertie de ſon départ, la colere l'aueuglant elle conçoit vne hayne ſi grande con-

tre luy, qu'elle promet ſes biens & ſa perſonne
à quiconque r'ameneroit ce fugif, & l'ayant en
ſa puiſſance ne veut point eſcouter ſes raiſons,
le remet entre les mains de ſon pere, qui de ſa
chambre l'enuoye au ſupplice, & laiſſe ſa fille
ſeule, qui cōmence à faire reflexió ſur ce qu'elle auoit fait, & quelque temps apres reçoit vne
lettre de luy, par laquelle il l'aſſeuroit en mouuát
de ſa fidelité; ce qui la jette tout à coup dans vn
profond deſeſpoir, & la fait ſe reſoudre à la
mort, pour monſtrer le regret qu'elle auoit
de n'auoir pas reſiſté puiſſamment à ces premiers mouuemens de colere & de hayne, qui
l'auoient tranſportee. iuſqu'au poinct de ne
luy vouloir pas permettre de ſe iuſtifier:
Enfin l'Enchanteur ayant fait voir cette cin-
quieſme Hiſtoire, prie Arthemidore de ſe re-
tirer, & de faire ſon profit de ce qu'il auoit veu
ce qu'il fait auſſi-toſt, le remerciant des bons
offices qu'il auoit receus de luy, & le priant de
luy faire voir les cinq autres Hiſtoires qui luy
promettoit au pluſtoſt, s'en va comblé d'al-
legreſſe & de joye, & guery de ces paſſions qui
l'auoient ſi cruellement tourmenté.

ACTE V.

SCENE PREMIERE

L'ENCHANTEVR, ARTHEMIDORE.

ARTHEMIDORE.

OVy, tirant du profit de ces enchantemens
Je commence à quitter mes premiers sentimens,
Je commence à veoir clair au trauers des tenebres,
Et regardant d'vn œil ces exemples celebres :
De l'autre i'apperçois les maux qui me suiuroient
Si i'allois laschement ou mes desirs voudroient.
Je fais reflexion de moy sur ces grands hommes,
De leurs folles erreurs sur celles où nous sommes,
Et reconnois enfin que si ie vis comme eux,
Rien ne peut m'empescher d'estre moins mal-heureux.

L'ENCHANTEVR.

Apres vn tel discours ie ne plains point ma peine,

Mais il nous reste encor à combattre la haine,
Ce demon dangereux qui suit le faux amour,
De mesme que l'on voit la nuict suiure le iour.
C'est cette passion des sages condamnée
Qui donne le trespas à ceux dont elle est née,
Qui rauage, qui rompt, qui pert & qui destruit
Le Temple le plus beau que le Ciel ait construit,
Qui n'assouuit sa soif que dedans le carnage
Qui suit aueuglement la colere & la rage,
Qui ne pardonne rien dans ses premiers transports,
Et qui traisne apres soy mille cuisans remords.
Ie te vais faire veoir vne indiscrette infante
Qui fait naistre en son cœur vn amour imprudente,
Qui luy fait oublier, & son pere & son Roy
Pour sauuer vn amant qu'elle aime plus que soy ;
Mais le trouuant absent, & s'en croyant changée,
Elle en perd la raison, en deuient enragée,
Et nous apprend enfin par les maux qu'elle a faits,
Que la haine est estrange en ses moindres effets :
Entrons, mais ayant veu cette derniere histoire
Afin que le portrait s'en graue en ta memoire
Lors que i'auray mis fin à cest enchantement,
Viens aussi le conclure auec ton sentiment,

SCENE

SCENE II.

BISATHIE seule.

OVy, i'aimay ce perfide, & dans ma flâme extréme,
Il m'estoit plus sésible & plus cher que moy-même,
Ie le crus plus charmant qu'il n'est digne d'horreur,
Et i'auois plus d'amour que ie n'ay de fureur :
Oüy, i'aimay ce perfidè, ô souuenir funeste !
Du feu qui me brusla le seul plaisir me reste,
Qu'il a perdu pour moy la force de charmer,
Et que ie le hay mieux que ie n'ay sceu l'aymer.
Iustes ressentimens d'vne Amante irritée,
O vous par qui ma haine est si bien excitée !
Mouuemens furieux d'vn esprit incensé !
Acheuez, acheuez l'ouurage commencé ;
Perdez, perdez le traistre apres qu'il m'a perduë
Ma gloire par sa mort me peut estre renduë,
Faictes bien vostre office, & monstrez en ce iour
Ce que la haine peut qui succede à l'amour.
Quoy pour le deliurer i'aurois trahy mon pere,
Ie l'aurois garanti de sa iuste colere,

O

Et fait qu'il éuitat vn trépas aſſeuré,
Et l'affronteur apres ſe ſeroit parjuré :
Faut-il que ſans vengeance il m'ait abandonnée
Dans la foy qu'il me fauſſe, & qu'il m'auoit donnée ;
Non, perfide, ce bien ne t'arriuera pas,
Mon amour empeſcha ton infame trépas,
Mais ſi le iuſte Ciel ſeconde mon enuie,
Ma haine deſloyal te couſtera la vie ;
Mais ie voy Feliſmene,

SCENE III

BISATHIE, FELISMENE.

BISATHIE.

         Hé bien le verrons-nous,

FELISMENE.

Madame, ie venois pour l'apprendre de vous,
Mais ſongez-vous encor, à ce parjure infame
Faut-il que ſa memoire embaraſſe voſtre ame,
Puiſque ſon ſouuenir vous afflige à ce poinct,
Ie croy que le meilleur eſt de n'y ſonger point ;

Oubliez le, Madame, & son erreur extreme
En penfant vous tromper, il s'eft trompé foy-mefme,
Il s'eft priué d'vn bien qu'il ne meritoit pas
Quand il a negligé de fi charmants appas ;
Vous vouliez l'honorer d'vne faueur infigne
Par fa honteufe fuitte il s'en declare indigne,
Et fi vous en iugez auec moins de chaleur
Vous éuitez, Madame vn extréme malheur
S'il vous euft plus long-temps caché fa perfidie
Le dernier incident de cette tragedie
Auroit efté funefte à voftre efprit deceu,
Et l'affront bien plus grand que vous n'auez receu ;
Enfin il ne vaut pas que voftre efprit s'afflige,
N'y la iufte colere ou l'ingrat vous oblige,
Le mal qu'il a commis ne fe peut trop punir,
Mais, Madame, deuant il faudroit le tenir,
Voftre vengeance en tout me paroift legitime,
Et ce n'eft point à vous à paftir de fon crime,
Attendez que le Ciel vous donne ce pouuoir,
Peut-eftre quelque iour que vous pourrez l'auoir.

BISATHIE.

Peut-eftre me dis-tu, i'en fuis bien affeurée,
Ie l'auray l'infidelle & fa mort eft iurée,
Mais ne me parle point d'oublier fon forfait,

Ie me dois souuenir de l'affront qu'il m'a fait,
Et mesme s'il se peut en accroistre l'image
Afin que ma memoire entretienne ma rage ;
Mais toy qui m'a promis de venger mon amour,
Quand auré-je le bien de te veoir de retour,
Tu m'as donné la foy de me liurer ce traistre,
Tu le peux , ie l'espere , & ie t'ay fait connoistre
Que ce present funeste est le prix de mon cœur,
Et l'vnique moyen de t'en rendre vainqueur ;
Que mon impatience accuse ta paresse ,
Ou tu manques d'amour , ou tu manques d'addresse,
Ou tu n'oses me plaire , ou tu ne le peux pas ,
La crainte que i'en ay me donne le trépas ;
Haste-toy de venir si tu veux que ie viue.

SCENE IV.

BISATHIE, FELISMENE, vn PAGE.

LE PAGE.

MAdame , on dit là bas que Philidan arriue,

BISATHIE.

Il arriue, quoy seul,

PAGE.

Madame, on n'en sçait rien:

BISATHIE.

Va le sçauoir, i'attens ou mon mal, ou mon bien,
Mon sang s'esmeut, ie tremble vne frayeur secrete,
Semble me vouloir rendre immobile & muette,
Que ie sens à la fois de contraires desirs;
Va veoir si cet objet de tous mes déplaisirs
Vient en nostre puissance, & dis qu'on me l'ameine,
Mais arreste; ô mon cœur soulage vn peu ta peine!
Respirons vn moment deuant que de le veoir,
Mais Dieux! ie doute encors il est en mon pouuoir,
Sçache-le, Felismene, & m'en viens rendre compte.

SCENE V.

BISATHIE.

O *Dieux, pourré-je veoir cet objet de ma honte*
Sans arracher ses yeux, causes de mon erreur:
Non, mes mains apprestez, vostre iuste fureur,
Et puisque son absence à troublé mes delices,
Il faut que ma presence accroisse ses suplices,

Mes yeux si vos appas ne purent l'enflammer,
Cherchez dans vos rigueurs dequoy le consommer:
Armez vostre lumiere & formez vne foudre,
Dont l'esclat l'esblouïsse & le reduise en poudre:
O Ciel! laisse vn moment gouuerner à mes mains,
Celle dont tu punis les crimes des humains
Que ie priue vn ingrat d'vn ame criminelle
De toutes la plus lasche & la plus infidelle
Afin de signaler en cet euenement
Ce que peut ta iustice, & mon ressentiment
Qu'il meure, mais qu'il meure ô Dieux, est-il, possible
Que i'oze desirer vn trespas si sensible,
Ne partiré-je pas de sa propre rigueur,
Et le puis-je punir sans affliger mon cœur,
Mais que ie suis timide, & que ie suis changée,
Ie crains donc qu'il ne meure & d'estre trop vengée,
Qu'estes-vous deuenus inutiles transports
En cette occasion que vous estes peu forts,
Comme si ma colere estoit illegitime,
Vne iuste vengeance est donc pour vous vn crime,
Mon honneur la demande, ah! n'y repugnez plus,
Amour, tu fais icy des efforts superflus,
Laisse-moy satisfaire à ma derniere enuie,
Apres si tu le veux attente sur ma vie

Dans les bras de la mort on me verra courir,
Pourueu que ie me vange auant que de mourir:
Ah! brutal, ah! vollage indigne de ma flâme,
Ta memoire odieuse est encor dans mon ame,
Ton pourtrait qui se monstre à mon ressouuenir
Me fait encor doubter si ie te dois punir;
O restes impuissans d'vn amour incensée,
Enfans desauoüez sortez de ma pensée,
Pitié, ton indulgence offence mon esprit,
Ta tendresse m'irrite, & ta douceur m'aigrit:
Va, ne te fasche point de te veoir rebutée,
Le perfide en fuyant ne t'a pas escoutée,
Ie ne dois pas t'entendre afin de me venger,
Non, ma haine redouble au lieu de te changer,
C'est ce qui me console, oüy, c'est mon allegeance,
De sentir que mon ame aspire à la vengeance,
Sus mon cœur, fais donc veoir de colere enflâmé,
Qu'on ne peut trop hair quand on a trop aimé,
Dans vn si grand dessein ne sois plus incertaine,
Qui m'éprise l'amour doit acquerir la haine,
Le traistre par sa fuitte attira dessus soy
Le coup inesperé qu'il receura de toy.

SCENE VI.

BISATHIE, PHILIDAN, FELISMENE,
TALPHVRNIE, PAGE.

BISATHIE.

MAis, ô Dieux, le voicy qu'on l'oste qu'on l'étraisne,
Non, ie ne veux point veoir cet objet de ma haine,
Ie ne permettray pas qu'il s'approche de moy,
Il faut qu'on le remete entre les mains du Roy
Qu'il aille en ses prisons se vanter de ma flâme :
Va cœur dissimulé, va parjure sans ame
Sçauoir encor vn coup si d'infames liens
Te seront plus heureux et plus doux que les miens,
Mais ne te charge plus du crime de rebelle
Te voylà conuaincu de celuy d'infidelle,
Et puisque le dernier a plus de lascheté,
Attens de ton forfait ce qu'il a merité,
Tu m'as donc méprisée, ô qu'il l'auroit pû croire,
Ie t'auois fait passer de la honte à la gloire,
De la prison au trône, et de la nuict au iour,

Et ne

Et des mains de la mort en celles de la mort.
I'auois brisé tes fers pour me mettre à ta chaisne ;
Et ma captiuité n'a gaigné que ta haine ,
Quoy lasche , ma pitié n'a pû te secourir ,
Et t'oster le dessein de me faire mourir ,
I'ay mis toute ma gloire à conseruer la tienne ;
Et la tienne s'est mise à ruiner la mienne ,
Mais tu ne respons rien, perfide purge-toy
De ton ingratitude , & de ton peu de foy ,
Quand tu t'es rebellé contre ton propre Prince
Que tu l'as assiegé iusques dans sa Prouince ,
Que dans vne sortie on t'a fait prisonnier ,
Et qu'il se disposoit à te sacrifier :
Dis-moy qui fust le Dieu qui te sauua la vie :
Parle-moy, respons-moy, contente mon enuie :
Dis-moy qui corrompit les gardes de la tour ,
Qui t'en donna les clefs qui te rendit le iour ,
Et qui te mit apres dedans vn seur azille ,
Ignoré de mon pere & de toute la ville ,
Et pour quelle raison tu voulus en sortir
Sans le dire à Phalante, & sans m'en aduertir ;
Pourquoy tu mesprisois vne faueur insigne :
Va lasche, va meschant, tu n'en estois pas digne ;
Ie te mescognoissois en te donnant mon cœur,

P

Et le tien qui le traitte en superbe vainqueur
Par la facilité qu'il eust en sa victoire,
Croiroit que son triomphe obscurciroit sa gloire,
Son orgueil le desdaigne apres l'auoir conquis:
Desloyal, tu l'auois iniustement acquis,
Tu l'as perdu de mesme, & mon ame offencée
Deteste les erreurs de son amour passée,
Et ne conserue rien de ton ressouuenir
Que celuy de ton crime afin de le punir:

TALPHVRNIE.

Ah! Princesse adorable, auez vous cette enuie:
Pourrez vous conceuoir tant d'horreur pour ma vie,
Au poinct où ma disgrace a mis vostre courroux,
Je n'eusse iamais cru ce que ie voy de vous,

BISATHIE.

Amant, indigne objet de mon ame seduitte,
Te pouuois-tu resoudre à cette lasche fuitte
Au point où i'estimois ton courage & ta foy,
Ie n'eusse iamais cru ce que i'ay veu de toy:
O zas-tu me tromper,

TALPHVRNIE.

Dieux, le pouuez-vous croire,
J'aurois esté Madame, ennemy de ma gloire,
Mais oyez mes raisons,

BISATHIE.

as-tu quelque raison
Qui te puisse excuser de cette trahison,

TALPHVRNIE.

Oüy, Madame,

BISATHIE.

affronteur, cela ne sçauroit estre,
Et tu ne peux nier que tu ne sois vn traistre.

TALPHVRNIE.

Ma bouche & mon amour vous iure par les Dieux
Que la peur seulement m'esloigna de ces lieux,
Car me voyant sauué des prisons d'vn Monarque,
Qui vouloit iustement m'immoller à la parque,
Quoy que nous m'eußiez mis en lieu de seureté,
Estant dans ses pays i'estois inquieté,
Mais pour vous mieux tirer de cette erreur extréme,
Si vous considerez vostre beauté supréme,
Vous connoistrez, Madame, assez facilement
Que vous vous abusez dedans ce sentiment,
Vous auiez ma parole,

BISATHIE.

auois-tu pas la mienne,

TALPHARNIE.

Gardés la ma Princesse,

P 4

BISATHIE.

                as-tu gardé la tienne ,

TALPHVRNIE.

Si i'ay fuy ce n'eſtoit qu'afin de reuenir ,

BISATHIE.

Et ie t'ay fait reprendre afin de te punir :

TALPHVRNIE.

Apres tant de douceurs me ſerez-vous ſi rude ,

BISATHIE.

Elles parlent touſiours de ton ingratitude :

TALPHVRNIE.

Dieux ! que vois-je , qu'entens-je !

BISATHIE.

               vn trait de mon pouuoir ,

Quand tu te departis d'amour & du deuoir ,

Tu ne croyois iamais ny me veoir ny m'entendre ,

Et c'eſtoit le ſeul fruict que ie debuois attendre

Des nobles ſentimens que i'eus de ta valleur ,

Que de mourir de honte apres vn tel malheur ,

Le Ciel qui fauoriſe aux deſſeins legitimes

Eſt celuy qui s'opoſe à la courſe des crimes

Il a pris ma deffence en cette occaſion ,

Et retably ma gloire à ta confuſion ,

TALPHVRNIE.

Madame ,

BISATHIE.

Va, perfide, ailleurs qu'en ma presence
Protester de ma haine & de ton innocence :

TALPHVRNIE.

Mais, Madame,

BISATHIE.

perfide, oste-toy de mes yeux,
Ton crime est detesté des hommes & des Dieux.

SCENE VII

LE ROY, vn CAPITAINE DES GARDES, BISATHIE,
TALPHVRNIE, PHILADAN, FELISMENE.

FELISMENE.

Voicy le Roy, Madame,

TALPHVRNIE.

ah ! Princesse inhumaine,
Voulez-vous tousiours croire à vostre iniuste haine,
Prenez vn fer, Madame, & vengez-vous de moy
Plustost que de me mettre entre les mains du Roy,

BISATHIE

Infidelle, ta mort seroit trop glorieuse :

TAPHVRNIE.

Ah! que i'ay de malheur,

BISATHIE.

ah! que ie suis heureuse.
Sire, vn sujet rebelle eschappé de vos mains
Le plus lasche qui viue entre tous les humains,
Que le pouuoir d'vn Dieu dont la force est extresme.
Me rendoit cherisable à l'esgal de moy-mesme.
Et qui m'auoit forcee en triomphant de moy
De soustraire sa teste au decrets de son Roy,
Cet homme, dis-je, Sire, à qui ma iuste enuie
Estoit de conseruer & l'honneur & la vie,
Et que i'aurois cru digne auec trop de pitié
D'espouser vostre fille & de vostre amitié,
Ce miserable enfin dont i'ay pris la deffence
Est icy pour lauer son crime & mon offence,
Et ie demande aux pieds de vostre majesté
Le iuste chastiment de sa temerité:
Sire, voyla ce traistre,

LE ROY.

ostez le de ma veuë,
On a fait son procez, ie veux qu'on l'effectuë:
Il n'est point de besoin de le mettre en prison;

BISATHIE.

Helas, que ce rencontre esbranle ma raison.

SCENE VIII

BISATHIE, LE ROY, PHILIDAN, FELISMENE.

LE ROY.

POur toy dont l'imprudence est digne d'vn suplice,
Ton crime te soubmet aux loix de ma iustice
Il arme ma colere, & conclu ton trépas,
Mais ce qu'il a conclu le sang ne le veut pas:
Dis-moy donc d'où te vint cet amour desreiglee,
Et cette infame ardeur qui t'auoit aueuglee,
Et qui t'alloit noircir d'vn reproche eternel
En te faisant aimer vn homme criminel,
Quoy, t'imaginois-tu qu'il pût t'estre fidelle
Lors qu'il se declaroit traistre ingrat & rebelle,
Et pouuois-tu penser qu'il te gardast sa foy,
Puis qu'il n'en auoit point pour les Dieux, n'y pour moy,
Mais tu ne me respons qu'en baissant le visage:
A Dieu, ie ne sçaurois te parler dauantage,
Profite de ta faute & de tant de bonté.

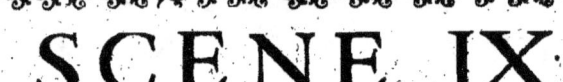

SCENE IX.

BISATHIE, PHILIDAN, FELISMENE.

PHILIDAN.

V*Ostre cœur à le bien qu'il auoit fouhaitté,*
Madame, auray-ie enfin le bon-heur que i'efpere :

BISATHIE.

Que veux-tu,

PHILIDAN.

voftre amour,

BISATHIE.

laiffe agir ma colere,
Et dedans le mal-heur qui menace mes iours,
Ne m'importune plus, & change de difcours,

PHILIDAN.

Mais vous m'auez promis,

BISATHIE.

que pouuois-ie promettre;

PHILI-

He.

PHILIDAN.

Tout,

BISATHIE.

ie le tiendray donc, mais laiſſe-moy remettre,

PHILIDAN.

I'obeis,

SCENE X.

BISATHIE, FELISMENE.

BISATHIE.

Il s'en va ce miſerable amant
Deſſuz vn eſchaffaut mourir honteuſement,

FELISMENE.

N'y ſongez plus, Madame,

BISATHIE.

ah ! ie ſuis enragée,
En le deshonnorant ie me ſuis outragée,
L'arreſt dont la rigüeur le coüdamne à mourir
M'oſte l'eſpoir de viure & de le ſecourir,
Mon pere l'a iugé ſans le vouloir entendre,

Q

O Dieux ! dans ce mal-heur, ie deuois plus attendre,
Ie n'eus point d'interualle entre aimer & hair,
Pourquoy méchant, pourquoy me voulois-tu trahir,
Mais que feray-je donc, mais que voudrois-je faire :
Laissons mourir vn traistre, vn lasche, vn temeraire :
Indigne de paroistre à la clarté du iour
Qui vouloit ta couronne & non pas ton amour,
Qui te vouloit priuer, & d'honneur, & de vie :
Quoy le voudrois-tu suiure, il ne t'a pas suiuie :
Songe que par sa fuite il s'est mocqué de toy.

SCENE XI

BISATHIE, FELISMENE, LE PAGE.

LE PAGE.

MAdame, le rebelle,

BISATHIE.

ô Dieux ! c'est fait de moy :

LE PAGE.

En sortant du Palais pour aller au suplice
D'vne derniere grace a prié la iustice :

Dequoy,

LE PAGE.

de vous escrire, & voyla son escrit,

BISATHIE

Donne,

LETTRE.

Par vos rigueurs, ie vay rendre l'esprit ;
Mais puis qu'elle vous plaist, ma mort est legitime,
Ie iure qu'en amour ie n'ay point fait de crime
Qui vaille vn repentir,
Et qu'à vostre couroux mon sang sert de victime
En l'estat ou ie suis on ne doit pas mentir :
Adieu belle Princesse, il est temps de partir :

BISATHIE.

Quoy, seroit-il possible, ah ! ie suiuray ta perte
En ouurant ce papier ma tombe s'est ouuerte,
Le coup dont tu ressens la mortelle rigueur
En t'ostant de mes yeux te remet en mon cœur,
Ton sang qui va lauer ton offence & ma honte,
Ne m'excusera pas d'auoir esté trop prompte,
Mais allons essayer de diuertir ta mort :

PELISMENE.

Madame, vous feriez vn inutille effort,

Q ij

Tout le monde dira,

BISATHIE.

                          tout ce qu'il voudra dire,
Mais il ne dira point l'excez de mon martire,
L'ennuy dont sa disgrace afflige mes esprits
A moins d'estre senty ne peut estre compris;
Il peut dire en voyant la douleur qui me blesse
Que l'esprit d'vne fille à beaucoup de foiblesse
Que des traits de la haine, il est bien-tost armé,
Qu'il la reçoit plus grande apres auoir aimé,
Qu'il suit en sa colere vne aueugle furie,
Qu'apres il s'en repent, souspire, pleure & crie,
Et tasche vainement de rappeller à soy
Le passé qui depend d'vne trop dure loy:
O rigueur du destin captiue imperieuse!
Qui des Roys & des Dieux te rends victorieuse,
Iamais rien ne te touche, & tu ne voudrois pas
Vne fois seulement retourner sus tes pas:
Acheue ton ouurage, acheue impitoyable,
Donne à ma violence vn suplice effroyable;
Puis que tu m'as forcée à destruire en ce iour
Par vn excez de haine, vn miracle d'amour,
Quoy, ne peut-on aimer & souffrir vn absence,
Et se doit-on venger des la premiere offence,

Quoy, sans trahir ma flâme & violer ma foy,
N'eust-il pû se resoudre à s'esloigner de moy :
Ay-ie bien consulté le sujet de sa fuitte ;
O comble de misere où ie me voy reduite !
Ie reconnois ma faute apres l'auoir perdu,
Et ie l'ay condamné sans l'auoir entendu,
Ie reconnois trop tard pour excez de ma peine
Que i'ay passé trop tost de l'amour à la haine ;
O mort, viens me punir, & monstrer en ce iour
Que l'on peut repasser de la haine à l'amour.

SCENE XII.

L'ENCHANTEVR, ARTHEMIDORE.

L'ENCHANTEVR.

TV me presses en vain d'en monstrer dauantage,
Il faut pour auiourd'huy terminer cet ouurage,
Et demeurant contant de ces Cinq Passions,
Profiter sagement de leurs reflexions,
Apprendre auec loisir quels sont leurs caracteres,
En tirer doucement des aduis salutaires,

LES CINQ

Et connoistre en faueur des speculations
Qu'elles jettent l'esprit en des conuulsions
Qui troublent son repos, esteignent sa lumiere,
Le font qu'il degenere à sa cause premiere,
Rendant l'homme semblable aux moindres animaux
S'il ne sçait gourmander ses appetits brutaux
Puis quand tes sentimens s'accorderont aux nostres,
Quittant ces passions nous en viurons cinq autres.

ARTHEMIDORE.

Ce rayon dont des-ja vous m'auez esclairé
Me fait veoir maintenant vn azille asseuré,
Me dessille la veuë, & me fait reconnoistre
L'assiette inebranslable, ou nostre esprit doit estre,
Et qu'il faut s'il veut viure exempt d'afflictions
Qu'il domine en tyran dessus ses passions,
Et qu'il tesmoigne enfin par vne force extréme,
Que l'homme est tousiours libre & maistre de soy-mesme,
Qu'il se rend comme il veut, ou plus foible, ou plus fort,
Et qu'il fait à son gré, son bon, ou mauuais sort:
Ce sont les sentimens & les doctes maximes
Que ie viens de tirer de ces discours sublimes:
Oüy, d'vn faux poinct d'honneur i'estois inquieté,
Mais vous m'auez guery de cette vanité,
I'estois ambitieux, i'ay reconnu ma faute

Et mon ambition eſt maintenant plus haute,
Mon cœur bruſloit d'amour, i'auois l'eſprit jaloux,
Mais vous m'auez armé pour en parer les coups :
Bref, i'auois de la haine, & par vos bons offices
Si ie hay maintenant, ce ne ſont que les vices,
Et ie connois enfin ayant ouuert les yeux,
Qu'alors que l'on pardonne on imite les Dieux,

L'ENCHANTEVR.

Et que l'on participe à leur diuine eſſence
Faiſant vn action digne de leur puiſſance,
Car la ſeule vertu les rendant bien-heureux,
Nous ſommes ce qu'ils ſont quand nous auons côme eux ;
Mais Adieu, ſouuiens-toy de toutes ces merveilles,
Deſcris-en par tes vers les beautez ſans pareilles,
Afin que nos neveux vn iour en les lisant
Y puiſſent rencontrer l'vtile & le plaiſant.

FIN.

www.ingramcontent.com/pod-product-compliance
Lightning Source LLC
Chambersburg PA
CBHW051550280626
47162CB00021B/1669